息が詰まるようなこの場所で

Into The Smother

外山薫

Kaoru Toyama

contents

装丁　名和田耕平デザイン事務所
（名和田耕平＋高橋仁菜＋小原果穂）

プロローグ

春だというのに、季節外れの長雨が続いていた。まだ午後三時なのに外は暗く、湾岸第二小学校ＰＴＡ室の窓から見えるタワーマンション群は霧雨で輪郭がぼやけている。天を衝くようなタワマン上層部は雨に煙（けぶ）りながら曖昧に光を放っていた。高層階の住民ご自慢の眺望も、こんな日は何も見えないんだろうな。まあ低層階のウチには関係ない話だ――。そんなことを考えていた平田（ひらた）さやかだったが、

「では会計は平田さんで良いですか？」

という声で我に返る。え、会計？　私が？　ちょっと待って。何が起こっているか理解できず慌てていると、会長席に座る緩いパーマをあて、淡いベージュのジャケットを羽織った女性と目が合った。

「私も平田さんが適任だと思います。ほら、銀行員だから数字には強いでしょ」

女性がにっこり微笑みながら話すと、ザワザワした空気はその意見に同調するかのような雰囲気一色となった。ＰＴＡ活動なんて、手間ばかりかかる割に得るものがないということ

は小学生の親ならば周知の事実だ。役員選出に前向きな人間なんて、そうそういやしない。ましてや六年生は中学受験があり、会計のような面倒な仕事を自分以外の誰かに押し付けられるのならば、願ったり叶ったりだろう。客観的に見れば、私だってそう思う。

しかしこの雰囲気はまずい、絶対にやりたくない。なんとか流れを変えなくては。そうだ、実家の親が病気で難しいということにしよう——と口を開こうとした瞬間、

「一年間よろしくお願いしますね、私も知っている人が役員をやってくれて助かるわ」

こちらの気持ちを知ってか知らずか、会長の高杉綾子は微笑みながら機先を制した。

「そういえば広報をやってくれる伊地知さんも、平田さんも、ウチと同じマンションだったわね。打ち合わせもやりやすいわ」

もっとも面倒な会長を引き受ける綾子がこう発言したことで、趨勢は決まった。知らぬ間に広報を押し付けられていたらしい、ママ友の伊地知理恵もバツの悪そうな顔をしている。この手の押し付け合いで、押しが強い綾子に勝てるわけがない。

「いいなー、平田さんも伊地知さんも高杉さんもお住まいはローゼスタワーでしょう？　そうだ、一年後の解散式はあそこのパーティールームでやりましょうよ」

「素敵～、一回お邪魔したことあるけど、景色最高なんですよね～」

ＰＴＡ役員幹部という重責を他人に押し付けることに成功したという解放感からか、お通夜のような雰囲気だった先程までの話し合いとは打って変わってワンオクターブ高い声をあ

げて勝手に盛り上がる女性たち。こちらの意見が顧みられることは一切なく、ＰＴＡの会計係として今後一年間を過ごすことが決定した。さやかの憂鬱な気分を反映しているかのように、雨はまだ降り続き、タワマン群は相変わらずぼんやりと光っていた。

第1章

春

平田さやかの憂鬱

Melancholy of Sayaka

「もう本気で最っ悪。今年は充の受験だってあるのに」

夜十時。夕食後、一人息子である充の算数の復習に付き合い、寝かしつけてからも平田さやかの怒りは収まらなかった。冷蔵庫から出したビールのプルタブを勢いよく開ける。既にテーブルには凹んだ空き缶が二缶あり、これで三缶目だ。つまみ代わりに口にしていた、夕飯のおかずに出した春野菜の炒めものの残りはもう八割方なくなっている。イライラしているさやかの怒りの炎に油を注いだのが、旦那である健太の態度だった。

「嫌ならその場で言えば良かったじゃん、後になって当事者が誰もいないところで愚痴言っても何も変わらないんだしさ」

その他人事のような対応に、カチンときた。

「健太は男だからわからないかもしれないけど、女の世界はそんな簡単じゃないのよ。だいたい高杉さんちは専業主婦だから会長もできるかもしれないけど、私は仕事あるのに。そもそも今日の会議だって昼間にあったから、わざわざ半休とったのよ。今どき、共働きが当たり前だっていうのに、平日の昼間が暇なことを前提にしているＰＴＡって変じゃない？もっと男が入らないと駄目なんじゃないの？」

ビールを喉に流し込むが、怒りのせいか、ちっとも酔えない。健太は怒りの矛先が自分に向かいつつあるのを察したのか、リモコン片手にソファに逃げた。ちょうど、民放のビジネスニュースが始まる時間だった。トップニュースはいなほ銀行の不祥事だ。【独自】と仰々しく見出しがつけられ、新たな不祥事の発覚と金融庁の反応が報じられた。不正融資問題で業績資料の改ざんが明らかに。金融庁は業務改善命令も検討――。女性アナウンサーがニュースを読み上げると、健太の顔がこわばる。

「業務改善命令って、けっこうヤバいやつだよね？」

さやかの質問に対し、健太は黙って頷く。健太の表情とニュースのトーンから察するに、どうやら事態はかなり深刻らしい。テレビやパソコンの画面でしか姿を見たことのない頭取が記者に囲まれ、黒塗りの高級車に無言で乗り込む場面が映っていた。テレビ画面がスタジオに切り替わる。

「前からそうですが、いなほ銀行は金融機関としての責任感が欠如していますね。メガバンクとして、もう少し引き締めなければ駄目ですよ」

男性のコメンテーターがそれが使命だといわんばかりの深刻な顔で、いなほ銀行の姿勢を厳しく批判していた。

いなほ銀行は健太の職場であると同時に、さやかの職場でもある。健太とはいわゆる社内婚というやつだ。二人とも家ではあまり仕事の話をしないようにしていたが、所属する会社の不祥事が連日報じられるというのはあまり気分が良いものではない。

一般職のさやかにとって、仕事とは月々の給料のための事務作業であり、目の前の仕事をこなすだけと割り切っているので経営にはさして興味がない。しかし、総合職で営業の最前線にいる健太はそうも言っていられないのだろう。健太は何も言わず、冷蔵庫からビールの缶を取り出した。

「やっぱボーナス減るかな」

何気なく呟くと、健太は渋い表情で
「マスコミの目もあるし、去年よりは確実に減るだろうな。あいつら、何も知らないくせに批判ばっかで腹が立つな」

と応じる。石油やガス価格の高騰で電気料金が値上がりする、株価が年初来安値を更新した、失業率がまた上がった――。アナウンサーは次々とニュースを読み上げるが、どれも暗い話題ばかりだ。毎晩毎晩、辛気臭いニュースばっかり流しているからこの国は暗くなるんじゃないの、と文句の一つもつけたくなる。

ストレス解消のための晩酌中にこれ以上辛気臭くなるのも嫌だし、テレビを消そうとリモコンに手を伸ばした瞬間、打って変わって明るい音楽が流れた。

「今日の特集はタワマンです。最近、共働きのパワーカップルが増えたことで、職住接近の湾岸タワーマンションが見直されているんです。なんと、価格が一億円を超える億ションも珍しくないそうです！」

入社一～二年目だろうか、若い女子アナがキャピキャピと話している。自分の美貌と若さが武器だと確信している女性にしか出せない特有の、甘えたような鼻にかかった声。四十二歳のさやかには少し癇に障ったが、海をバックに高層マンションがずらりと並んだ見慣れた風景が背景に映った瞬間にそれどころではなくなった。

「あ、うち！　健太、うちが映ってるよ！」

思わず声が大きくなってしまう。テレビでは女子アナが「湾岸の神」と呼ばれる人気ブロガーに紹介される形で、タワマンが林立する湾岸地区を散策している現地レポートが流れていた。

「今回お邪魔させていただいたのが、こちらのローゼスタワーです」

女子アナがカメラマンを伴って入ったのは、まさに我が家だった。いつの間に撮影したんだろう。ロビーの豪華なシャンデリア、フロントに常駐しているコンシェルジュ、東京タワーやレインボーブリッジが見渡せるパーティールーム、絨毯が敷き詰められたホテルライクな内廊下。ブロガーが見どころを解説するたびに、女子アナは歓声を上げる。さっきまで耳障りだと思っていたが、自分の住んでいる家が持ち上げられているとなると話は別だ。もっと褒めてほしい。

「駅直結で仕様も良いローゼスタワーは地域ナンバーワンマンションと呼ばれていて、分譲から十年経った今でも人気が高いんですよ。一昔前、マンション価格は新築で購入した直後がピークでその後は下がる一方だと言われてましたが、湾岸の人気マンションはむしろ中古でも資産価値が評価され、ローゼスタワーの場合、分譲時から一・五倍以上になっている部屋もあります」

湾岸の神がこう解説すると、さやかは有頂天だった。湾岸に住む者なら、湾岸の神の名を知らぬ者はいない。十年以上にわたって湾岸タワマンの情報をネットで発信し続け、湾岸ブランドの向上に貢献してきた伝説のブロガーだ。湾岸の神がブログで好意的に取り上げればそのマンションの市場価値が上がるとまで言われており、他ならぬさやかも熱心な読者の一人だ。約十年前、新築で売りに出ていたローゼスタワーを購入したのも、湾岸の神のブログがきっかけだった。

あのとき、周囲の反対を押し切ってこのタワマンを買うと決めた私の選択は間違っていなかった。ソファに目を向けると、健太も顔を紅潮させ、食い入るようにテレビ画面を見つめている。

湾岸地区。東京湾沿岸の地域一帯をまとめて指す単語がポジティブなものとして扱われるようになったのはつい最近のことだ。銀座(ぎんざ)や築地(つきじ)からすぐで都心に近いという好立地ながら、埋立地で歴史的に工場や倉庫が並んでいた地域でもあり、ネットでは心無い人たちから「準工業地域の倉庫街で、人の住むところではない」とまで言われていた。

その湾岸地区を人気エリアに押し上げたのは、他でもないタワマンだ。人があまり住んでいないということは再開発が容易ということでもあり、一棟あたり千戸を超えるような大型タワマンが次々と建ち並ぶようになった。一人息子の充が生まれて間もない頃。家を購入するにあたり、当時住んでいた清澄白河(きよすみしらかわ)の賃貸マンションから物件価格が安い埼玉の川口(かわぐち)に引っ越そうという健太に対し、「絶対に湾岸が良い」と主張したのはさやかだった。合理的に考えて埼玉――そんなことは言われるまでもなくわかっている、それでも譲れない一線がある。

都心から電車で一時間半かかる埼玉県鴻巣(こうのす)市出身のさやかにとって、家を買うなら東京都というのは絶対に外せないラインだった。大学時代、バイト先でちょっと気になっていた慶應ボーイに出身地を説明したところ、「ああ、ダサイタマね」と鼻で笑われたことはいまだにトラウマになっている。それ以来、出身地を聞かれたときに「東京のほう」と濁すようになった惨(みじ)めな気持ちは、地方出身の健太には理解できないだろう。

当時の経済状況から、背伸びせずに購入できそうだったのが湾岸地区のマンションだけだったという経緯はあるものの、そこらの小規模マンションにはない豪華な共用部も、家を出てから丸(まる)の内(うち)のオフィスまで三十分という立地も、満足のいくものだった。何より、友人を家に呼ぶたびに「すごい、高級ホテルみたい」と褒められるのは自分の人生を肯定されたかのような錯覚を起こさせた。タワマンといっても、さやかと健太が買った部屋は比較的安価な低層階の2LDKで、ベランダからは東京タワーもレインボーブリッジも見ることはできない。それでも、自分の物件が全国放送で憧れの物件として扱われているという事実は自己肯定感を高めた。

「タワマン、本当にすごいですね。私も将来、こんな部屋に住んでみたいな〜。以上、今日の特集でした」

女子アナが甘い声をあげ、隣に座る湾岸の神がドギマギしている場面で特集は終わった。ビールの酔いが回ってきたことも手伝い、多幸感に包まれる。PTAの役員のことも、会社の不祥事のことも、気がつけばどうでもよくなっていた。

＊

「さやかちゃん、明日の高杉さんち、何か手土産持っていく？」

四月下旬。昼休みになったのでスマホを机から出すと、ポロンという音とともにチャットアプリの通知が画面に表示された。差出人は伊地知理恵だ。充の同級生の母親で、ともにPTA役員を押し付けられた仲間でもある。四十歳を超えてちゃんづけもどうかと思うが、同い年の理恵はさやかにとっても貴重なママ友で、保育園時代から含め、十年近い付き合いとなっていた。

ＰＴＡ会長となった高杉綾子は意気揚々と、今後一年間の活動について話し合うために第一回の役員会を開こうと提案してきた。問題は場所だ。綾子が指定してきたのは、学校のＰＴＡ室でも近所のカフェでもタワマンのラウンジでもなく、自宅だったのだ。旦那が開業医で裕福な高杉家はローゼスタワーの最上階に住んでいた。

同じタワマンでも、高層階と低層階には文字通り、天と地の差がある。眺望が良いのはもちろん、一戸あたりの面積もゆとりをもって設計されているし、住宅設備の仕様も違う。部屋の価格も段違いだ。以前、高杉家の一階下の部屋が不動産ポータルサイトで売りに出ていたが、二億五千万と表示されていた。プロ野球選手の年俸でしか見たことのない数字だ。

充は高杉家長男の隆（たかし）君と仲が良く、放課後に高杉家に遊びに行っては

「隆君ちすごいんだよ、リビングでラジコンのレースができるんだよ！」

と目を輝かせて教えてくれる。そういった話を聞くたび、ラジコンどころか正月の書き初めの宿題のたびにソファを動かしている、低層階60平米２ＬＤＫの自分たちの部屋と比較されているようで胸の奥にザラザラした感情が生じる。

「相手は高杉さんだし、一応手土産持っていったほうが良いかもね。仕事帰りに私が適当に選んでおくから、一緒に買ったことにしよっか」

さやかはこう返信すると、ため息をついた。正直に言って、面倒くさい。大学や職場の友人ならいざしらず、相手が高杉家となると下手なものは持っていけない。インスタを開き、

綾子のアカウントを覗く。春服のコーディネートや豪華な手巻き寿司パーティーなどに混じって、カラフルなマカロンの写真があった。他に菓子の写真は見当たらないが、少なくともマカロンは駄目だな。元読者モデルの綾子のインスタはフォロワーも多く、ちょっとしたインフルエンサーとなっている。一応アカウントを持っているものの、外食したときのランチの写真を投稿するだけのさやかとはまったく別次元で、生活レベルの差が一目瞭然だ。

ケーキにすると用意してあった場合に面倒だし、適当な洋菓子を見繕うか。とりあえず、帰りに東京駅の大丸に寄らなければ。時間がないから、夕食も冷凍食品の炒飯と餃子で済ませるか。今日のランチをどうしようかというウキウキした気分はどこかに霧散した。

「タワマンには三種類の人間が住んでいる。資産家とサラリーマン、そして地権者だ」

一昔前、下世話なネットニュースで読んだフレーズだが、ローゼスタワーの住民を分類する上で、これほど適切な表現もないだろう。資産家とは開業医や企業経営者、スポーツ選手やタレントなどいわゆる富裕層で、高杉家もここに含まれる。タワマンのエレベーターは階層ごとに分かれているが、高層階の住民専用のエレベーターに向かう人たちはひと目でわかる。着ているものが違うのだ。

昨年冬、充と連れ立って学校に向かう隆君を見かけたとき、フランス生まれの高級ブランドであるモンクレールのダウンジャケットを着ていることに気がついて思わず変な声が出てしまった。一〜二年でサイズアウトする子供の冬物のために、十万円をポンと出せる人たち。モンクレールの黒光りしたダウンは、充に着せているアウトレットの半額セールで買った六千円のダウンとは表面の艶からして違った。タワマンという同じ土地に建つ建物でありながら、階層によって着ている服も見ている景色も、住んでいる世界すらも違うのだ。

一方、サラリーマンは平田家を含む、数の上では多数派を形成している勢力だ。高層階の富裕層とは住んでいる世界が違うとはいえ、社名を聞けばすぐにわかるような有名企業に勤めている人が多い。いなほ銀行だって、世間では叩(たた)かれているが立派な大企業だ。タワーから駅の改札までの専用通路は毎朝、通勤に向かう人々で溢れ、通勤ラッシュさながらの光景となる。

タワマンは目立つだけにやっかみも受けやすい。ネットで口の悪い人たちが「タワマンはエリートサラリーマンが三十五年ローンと人生を懸けて手に入れられる現代の団地」と書いているのを見かけたことがあるが、事実の部分もあるだけに腹が立つ。有名大学を卒業し、世間的に知られた企業に就職し、そして三十五年ローンでタワマンを買う。そんな人生が、不確実な時代におけるささやかな成功パターンになって久しい。平成の失われた三十年を経て一億総中流という幻想が崩れた現代の日本において、豪華な共用部もラグジュアリーな気分にさせてくれる内装も、入学試験や就職活動という選別を経て選ばれたエリートが人生を投じてやっと得ることができる代物なのだ。

もっとも、エリートと言っても形だけ。世間では勝ち組とされる年収一千万円に到達しても、累進課税で国にガバッと持っていかれるし、児童手当は所得制限でフルに貰えない。今やファミリータイプで七千万〜八千万円もするタワマンのローンを組んでしまえば、生活に余裕などない。ましてや都心の子育ては習い事に中学受験に、とにかくお金がかかる。周りを見渡しても、さやかのように結婚してからも仕事を続ける共働き世帯が主流派だ。自動車ローンや駐車場代、保険代といったものを考えると、多くの住民は自家用車すら持てずにカーシェアで済ませる。もちろんタクシーなんて滅多に使えない。それが現代の「エリート」の実情だ。

そして最後の地権者。タワマンの建設予定地に元々住んでいたり、商売していたりする人たちのことを指す。さやかは今のタワマンに引っ越して、理恵と出会うまでは存在すら知らなかった。

理恵曰く、伊地知家は代々、近所の工場や倉庫で働く肉体労働者向けの定食屋を営んでいたらしい。一階が店舗で二階が住居という昔ながらの店で、地に足をつけて暮らしていたという。ところがある日、不動産開発業者の人がやってきて、再開発地域に指定されたからと土地の買い取りを提案してきた。かつてバブル期に「地上げ」として強引な手法が話題になったが、現代は価格交渉が主なもので、スマートなものだったという。先祖代々の土地や店を手放す代わりに、新たに建設されるタワマンの部屋や商業施設の部分を無償であてがわれるという仕組みで、伊地知家はその話に飛びついた。戦後からの復興や高度経済成長といった歴史を紡いできた木造の定食屋と家はあっけなく潰れ、そして立派なタワマンの部屋といくらかのまとまった金が手に入った。理恵の夫は今では近所の雑居ビルで小洒落た和食屋を経営している。

「うちなんて本当に大した店じゃなかったから、今の家は本当に身分不相応でさ」

充の通っていた保育園のイベントで仲良くなった後、理恵は笑いながら教えてくれた。理恵の夫の翔さんは高校の同級生で、卒業後すぐ、早逝した父の跡を継ぐ形で働き始めたという。理恵も大学には通わずに専門学校を卒業し、そのまま翔と結婚して店を手伝うようになった。週末など、翔が近所の公園で息子二人とキャッチボールしている姿をよく見かける。伊地知家の次男である琉晴君と充の仲が良かったというのもあるが、さやかは飾らない理恵の性格が好きで、子供たちが小学校に入ってからもよくお茶をしていた。

一方、理恵と対極的でさやかが苦手なのが、今回の会の主催者でもある綾子だ。

「あらこのお菓子、素敵。こないだパリの本店で食べて美味しかったのよね。ちょうど、玲奈のピアノの先生からイギリス土産の紅茶をもらったばっかりだから一緒に煎れましょう」

土曜午後。ゲームがしたいと駄々をこねる充の尻を引っぱたいて塾に送り出し、理恵とロビーで待ち合わせをしてローゼスタワー最上階の五十階に向かったさやかだったが、綾子の第一声を受けて早速嫌な気分になった。パリの本店だかイギリスの紅茶だか知らないけど、いちいちマウンティングをとってからでないと会話できないのか、この人は――。

「さすが高杉さん、パリの本店にも行かれたことあるんですね。玲奈ちゃんのピアノの関係ですか？」

もちろん、心の中で毒づいていることはおくびにも出さない。大人の女同士、思ったことを全部口に出していたら社会が成り立たないことくらい知っている。

高杉家の長女、玲奈は小四ながら天才ピアノ少女として界隈ではちょっとした有名人だ。著名なピアニストに才能を見初められ師事しているだの、長期休暇のたびに欧州に短期留学しているだのといった噂(うわさ)を聞いたことがある。現に、今も家の中にはピアノの音色がかすかに響いていていた。

マンションの一室を防音室にリフォームしてグランドピアノを置くとなると、一体いくらかかるのだろうか。下手すると、その防音室だけでも2ＬＤＫ60平米の我が家より価格が高いのではないか。つい卑屈になってしまう。

高そうな紅茶の柔らかな香りが部屋に広がる中、広々としたリビングの窓からは、東京タワーからレインボーブリッジまで一望できる絶景が広がっていた。低層階の自宅からは決してお目にかかれない光景だ。今日の会でも参加者はみんな、それが定められた儀式であるかのように部屋に入った瞬間に感嘆の声を上げ、スマホで写真を撮っていた。

このご時世、高杉綾子がタワマン最上階に住んで優雅に専業主婦をやりながら、娘に音楽の英才教育を施すという浮世離れした生活を享受できるのは、夫の財力によるところが大きい。

綾子の夫の高杉徹は代々続く医者の家系で、開業医として親から継いだクリニックを運営している。先祖から受け継いだ資産も、月々の稼ぎも、吹けば飛ぶようなサラリーマンの我々とは次元が違うのだ。

「パリは春休みに二週間行ったんですけど、もう寒くて寒くて。そういえば充君、春期講習はどうでした？　うちは私が玲奈につきっきりだから、隆が今何やってるかすらわからなくて、困っちゃって」

綾子が紅茶をウェッジウッドのカップに注ぎながら微笑む。これだから綾子と話すのは嫌なんだ。高杉家の長男、高杉隆の秀才ぶりは湾岸第二小学校の六年生の親なら誰でも知っている。充も通う中学受験塾、ブリックス湾岸校では常にトップを独走。去年の全国一斉実力テストでは全国から選ばれた精鋭の中で三位になり、賞品として数万円するようなタブレット端末を貰ったという伝説を持っている。充から聞くだけでも、

「ブリックスの算数の授業中、東大卒の講師のミスを指摘した」

「平均点が30点だったテストで90点を取った」

「計算テストと漢字テストで満点以外を取ったことがない」

と、その秀才ぶりを表すエピソードは枚挙に暇（いとま）がない。国立大の医学部を出ている医者の父親の遺伝子もさることながら、家庭学習のため、各教科に家庭教師をつけているという噂も聞いたことがある。同じ塾に通っているといっても、上位クラスから落ちたり上がったりしている充とは、素材も環境も違うのだ。

徹底した実力主義で知られるブリックスでは、クラスはおろか、席順すら成績で決まる。どの子が優秀で、どの子の出来が悪いのか、子供を通わせている親であれば筒抜けだ。いくら娘のピアノにかかりっきりとはいえ、専業主婦で噂話好きの綾子がそうした事情を知らない訳がない。わざわざ塾の話をしてきたということは子供の成績を使ってマウンティングをしかけてきたということに他ならない。

「うちは隆君みたいに優秀じゃないから、今日もテレビから引き離すのが大変で……」

自虐的に話しながら、さやかは胃の底がムカムカしてくることに気がついた。充の奴、もう六年生だというのに自分の立場がわかっているんだろうか。隆君みたいに優秀だったら、私がこんな惨めな思いをすることなかったのに。気がつけば、怒りの矛先は目の前の綾子ではなく、息子の充に向かっていた。

タワマンで子育てをするようになって気づいたことがある。住んでいる階数、部屋の値段、夫の職業、年収、子供の成績――。この建物では、付き合いがある人たちの間でありとあらゆる情報が筒抜けとなり、比較の対象となるのだ。誰も表立って口には出さないが、誰が上で、誰が下かという序列は明確にある。

目の前に座り微笑む綾子は、間違いなくヒエラルキーの頂点に立っていた。専業主婦であくせく働くことなくタワマン最上階の部屋に住み、息子は日本トップクラスの秀才、娘は天才ピアノ少女ときた。かつて女性誌で読者モデルをしていたという容姿は四十代半ばになっても衰えることなく、肌なんて近くで見てもツヤツヤしている。一体どんな化粧水を使って、いくら美容医療にかけているんだろうか。

綾子に会うたびに、さやかは惨めな気持ちを抑えることができなかった。毎朝六時に眠い目をこすって充を叩き起こし、計算と漢字のドリルをさせた後にバタバタと出社して、夕方まで仕事に追われて慌ただしく帰宅。夕食を準備して食べさせ、塾の復習に付き合う日々だ。エステどころか、美容院に最後に行ったのはいつだっただろう。すべてを持っている綾子に対して、嫉妬心から勝手にマウンティングされているという被害者意識を募らせているだけなのかもしれない。そう思うと、さらに情けない気分になった。

「でも隆君も充君もすごいよね、まだ小学生なのに毎日塾に通って勉強して。うちの息子たちなんて、野球ばっかりで学校の宿題すらまともにやんないよ」

理恵がサバサバした口調で会話に割って入る。理恵の息子の琉晴君は塾には一切通っていないという、タワマンでは珍しいタイプだ。湾岸第二小学校の生徒は八～九割が中学受験をすると聞いたことがある。子供に残せる資産を持たないサラリーマン家庭の場合、学歴だけが頼りとなるため、小学校低学年から塾に通わせることが常態化している。さやかも、小一から充をブリックスに通わせていた。料理人の父を持つ伊地知家のような、手に職タイプはそもそも珍しいのだ。

「琉晴君は野球が上手なんでしょ？　ピッチャーだって聞いたけど。隆は本ばっかり読んでるから、健康的で羨ましいわ」

綾子がどこまで本気かわからない様子で問いかけると、理恵は

「それが旦那に言わせると、琉晴はお兄ちゃんと違ってあんまり野球センスないっぽくて。六年生になって、チームのエースの子が塾を優先するようになったから、ようやく試合で投げれるようになった感じ。まあ本人は楽しいみたいだし、うちはそれで良いかなって」

とケラケラ笑う。さやかは、理恵のこういうところが好きだった。さやかを含め、自分たちで作った序列を気にしてがんじがらめになっている人々でタワマンは溢れている。そんな中、周りに流されずに我が道を行く理恵の強さは際立つ。琉晴君も中学に通っている兄の蒼樹君も、勉強そっちのけで大好きな野球に熱中しているという。振り返ってみれば、さやかが子供の頃も、男子といえばそんな感じだった。小学校のうちから塾通いをして、毎月のように偏差値やクラス分けで値踏みされることが当たり前になっている東京の子育て環境が異常なのだ。

「それにしてもこの家、地面が遠くてまるで山頂にいるみたい。これだけ標高が高いと、気

圧が低くてお米を炊いても固くなっちゃいそう」

理恵があまりにも突拍子もないことを言うので、その場にいる全員で思わず笑ってしまった。その後はPTA役員会の本来の議題である、運動会の仕事の分担などそっちのけで、クラスメイトの親の噂話や学校の先生の評判などを話し込んでいた。

幼い頃、母親がスーパーで出会ったママ友と延々と井戸端会議をしていたが、こんな感じだった気がする。郊外だろうが都会だろうが、アラフォーの女が集まってやることといえば変わらないのかもしれない。さやかの実家は郊外によくある一軒家だが、母も家の大きさや子供の出来不出来でマウンティング合戦していたのだろうか。今度帰ったら聞いてみようかな。自分で持ってきた手土産の洋菓子を頬張りながら、さやかはそんなことを考えていた。

＊

カレンダーを五月にめくりながら、そろそろ衣替えをしないといけないなと気がついた。四月は長雨が続いたせいか気温が低い日が多く、まだ冬物をしまう気になれなかった。60平米しかない平田家では、衣替えのたびにシーズンオフとなる衣服を段ボールに詰め込んで埼玉県にあるさやかの実家に送りつけ、預けていた衣服を両親に送ってもらうのが慣例となっていた。衣替えのタイミングの見極めは死活問題なだけに、ミスは許されない。テレビの朝のニュースでは寒い日が続く最近の気候について、地球温暖化による異常気象だと気象予報士が深刻な表情で話していた。さやかは思わず、

「温暖化なのに寒くなるってどういうことよ」

と画面に向かってツッコんでしまった。

「海流の流れも昔と変わってるから、局地的に寒くなることもあるんだって。それに最近は温暖化より、気候変動って言葉を使うことが多いらしいよ」

傍らで計算ドリルを解いている息子の充がボソッと呟く。計算は相変わらずミスが多いが、得意な理科については饒舌(じょうぜつ)に語りたがる傾向がある。理科の点数が高いのは、タワマン高層階に住む充の友人、隆君の影響が多分にある。

「この本、隆君が面白いって言ってたから」

とねだられるたび、さやかは学年一の秀才である隆君のお勧めならば、と財布の紐を緩めて科学関連の本を片っ端から充に買い与えていた。本音では受験で点数の配分が高い算数と国語をもっと頑張ってほしいが、理科を頑張れば将来、隆君のような医学部という道もあるのではという下心もムクムクと湧き上がる。さやかの脳裏に浮かぶのは、つい先日訪れた高杉家のタワマン最上階の部屋だった。サラリーマンの稼ぎでは決して到達できない、タワマンの頂。私たちの代では無理だったが、充には可能性があるかもしれない――。

もっとも、今はそんな妄想に興じている場合ではない。ゴールデンウイークになり、今日

から充の通う進学塾であるブリックスの特別講習、「GW特訓」が始まる。いよいよ志望校別の授業が始まるとあって、受験生として本格的に始動することになる。

中学受験とは子供の戦いであると同時に、親の戦いでもある。塾の宿題を毎日チェックし、膨大な量のプリントを整理し、暗記の進捗を確認し、復習をやらせ、苦手分野を一つ一つ潰していく。遊びたい盛りの子供を机に縛り付けるだけでも一苦労だというのに、なおかつ目に見える形で結果を求められるとあって、子供以上に親の負担も大きい。

周囲では、中学受験を機に母親が仕事を辞めるといった話もよく聞く。もっとも、さやかの場合、タワマンの住宅ローンを夫婦共同のペアローンで組んでいるので、辞めるという選択肢は残されていないのだが。

学校選びも情報戦だ。進学校か大学附属校か、共学か男女別学か。入学時の偏差値と最近の進学実績はどうか、英語教育の体制は——。小中高と地元の公立学校に通ったさやかにとってすべてが未知の世界だ。最近はブリックスから配られる塾生向けの月刊誌「ぶりりあ」や本屋で買った私立中学を特集した雑誌、ネットで受験関連のサイトなどを読み漁るのが日課となっていた。

隆君と比べると見劣りするが、充は決して出来が悪い訳ではない。ブリックスの月例テストの偏差値は60前半をウロウロしており、全体の上位十五%程度に位置する。学校のテストなど、特に何の対策もしていないのに毎回ほぼ満点だ。しかし、難関校を目指すトップ層の子供たちが集まるブリックスには充程度の子はゴロゴロいる。偏差値70オーバーの隆君は別格としても、最難関校を目指す上位クラス「エス」では、偏差値60は最低ラインだ。

「エスに残れないと、ここまで頑張った意味がなくなっちゃうよ！」

本当は駄目だと頭ではわかっていながらも、さやかは最近、机に向かう充に対してこんな発破をかけるようになっていた。

「隆君みたいにエスのトップにいる奴らは僕とは頭の出来が根本的に違うんだよ」

近頃、充はテストの結果が返ってくるたびにこんな愚痴をもらすようになっていた。上位十五%にいるのに、さらに上を見て劣等感を覚えてしまう環境。十一歳の息子をここまで追い詰めているのは、ほかでもない親である自分だ。

「来年の二月までだから、あとちょっとだよ。ここで頑張っておけば、将来の選択肢が増えるんだから」

さやかは胸の奥にチリチリとした罪悪感を抱えながらも、自分に言い聞かせるように繰り返していた。

「ほら、もう八時半よ。もう計算ドリルは良いから、そろそろ塾に行く準備しなさい」

さやかは意識的に明るい声を出した。

「えー、面倒くさいなー」

とぶつくさ文句を言っていた充だったが、

「あ、隆君と待ち合わせしてたんだった、急がなきゃ！」

と慌ただしく玄関を出ていった。午前九時から午後五時まで、三日連続で七十分の授業を昼食を挟んで六コマ受けるという過酷なスケジュール。ゴールデンウイークで全国各地の行楽地が盛況だというテレビのニュースが、どこか遠い別の国の出来事のように感じられた。


中学受験で問われるのは子供の学力だけではない。

「こないだＰＴＡで話題になったんだけど、六年生って塾代だけで百五十万円くらいかかるらしいよ。それとは別に受験料とか滑り止めの学校の入学金とかで百万円は用意しておけって。健太もいまのうちから節約しといてよね」

充が出発してしばらく経った後、休日午前の惰眠を貪っていた健太が寝室から起きてきた。私が朝から計算ドリルのチェックにお弁当作りとこんなに頑張っているのに、良いご身分だこと。仕事が大変なのはわかるが、一人息子の人生を懸けた受験に対してどこか他人事の健太に対して最近イライラが募り、つい攻撃的な口調になってしまう。

ズボラな性格のさやかは家計管理を健太に任せている。マンションのローンのうち、さやかの返済分として月々八万円弱が銀行口座から自動的に引き落とされるのと、スーパーの食材代を負担しているが、それ以外の光熱費や生活費、教育費は基本的に健太が月々の給料からやりくりする仕組みだ。

残業がない一般職の給料はたかが知れている。入社後二十年近く経つのに、さやかの年収は額面で四百万円台にすぎない。ここから税金や厚生年金が引かれるし、女は服や化粧品などなにかと物入りだ。節約のために週に三日は安い社食で昼飯を済ましているが、まったく余裕はない。充が生まれる前に貯めておいたへそくりが二百万円ほどあるが、そもそも平田家としてどのくらいお金があるのかすらわかっていなかった。

「一年間で二百五十万円か、相変わらず意味わかんねーな、東京のお受験事情」

起き抜けにお金の話をされて不愉快なのか、健太がため息とともに吐き捨てる。小学生になり、周囲に流されるままにさやかがブリックスに充を通わせはじめたときから、健太は一貫して中学受験に対して懐疑的な姿勢を崩していない。

「うちの経営陣見てりゃわかるじゃん、東大出ても馬鹿ばっか」

これが健太の口癖だ。確かに、いなほ銀行の役員には東大卒がずらりと並んでいるが、不祥事のたびに記者会見でカメラのフラッシュを浴びながらペコペコと頭を下げている姿は情けないの一言に尽きる。さやかの部署にも東大卒の部長がいるが、役員には媚（こ）びへつらうくせに、部下に対してはハンコを押す角度が違うだのメールの宛先の順番が役職順になってないだの意味不明の言いがかりをつける姿は醜悪そのものだ。

「あの人も十八歳が人生のピークだったんだろうね」

さやかは、一般職の同僚と陰口を叩いていた。学歴を何よりも重んじる銀行では東大を頂点とする歴然としたヒエラルキーが存在しているが、現場レベルでは変にプライドの高い東大卒よりも使い勝手が良い私立大卒はいくらでもいる。センター試験で高得点を取って、それを社会人になってから1点単位で覚えていても、稟議書を通すための根回しができるとは限らない。

岐阜県の公立高校で三年生の冬までサッカー部を続け、一浪の末に明治大学に入った健太は東大や医学部をゴールとした東京の中学受験事情を理解しようとしないばかりか、嫌悪感を抱いているような口ぶりだ。

「休日を潰して必死で勉強しても東大行けるのは一握りで、半分は早慶どころかMARCHなんでしょ。小学校の頃からそこまで頑張る意味あんのかね。俺なんて小学校の頃はサッカーしかしてないぜ」

冷蔵庫から出した麦茶をコップに注ぎながら、健太が呟く。この会話を繰り返すのも何度目だろう。

「東京は優秀層がこぞって私立中学校に抜けるから公立中学校は荒れてるし、高校受験は内申点の比重が重いから先生に嫌われたら悲惨なんだって」

というママ友ネットワークの情報をもとに、充をブリックスに通わせることを決めたのは今から五年前だ。これまでに払ってきた月謝や費やしてきた時間を思えば、ここで今更引き返すなんて選択肢はない。ましてや、充はボーダーラインギリギリとはいえ上位クラスのエスにいるのだ。

「頑張ってるのは充なんだから、絶対、目の前でそんなこと言わないでよ」

売り言葉に買い言葉で、つい口調がキツくなる。最近、中学受験を巡って健太との温度差が大きくなっている気がする。パパが受験勉強を見てくれる家庭もあると聞くが、健太は仕事を言い訳に逃げ続けている。

中学受験では学年が上がるにつれ、監督する親にも勉強が必要になる。特に算数は中学で習う方程式を使わずに難問を解く必要がある。人生でほとんど真面目に勉強することなく女子大に入ったさやかにとって、解説を読んでも意味が理解できない算数のテストの答え合わせをするのは苦行でしかなかった。

学歴に意味などないと豪語しながら学歴コンプレックスを抱えている健太の気持ちもわからないでもないが、中学受験は総力戦だ。お金を出すだけではなく、もっと主体的に手伝ってほしい。もっとも、これ以上口に出したら本格的な喧嘩になりそうなので、実家に送る冬服の仕分け作業に戻ることにした。さやかの背中から不穏な空気を察したのか、健太は
「ちょっと外出てくるわ」

と、本を片手に去っていった。タワマン共用部のワークスペースで読書でもするつもりだろう。これ以上顔を合わせていると衝突しそう、というタイミングで健太はよく共用部に逃げ込む。正面衝突を避けるのは大人の知恵だが、その分、発散されないまま静かに積もりゆ

く不満はどこで解消したら良いのだろう。子供たちが休日の朝から塾で難問と格闘している間、親もまた闘っているのだ。何と闘っているのかもわからぬまま、洪水のような情報の渦に巻き込まれながら。

＊

　ゴールデンウイークの陽気に春の訪れを感じたのもつかの間、まだ五月だというのに梅雨のようなジメジメした天気が続いている。駅直結のローゼスタワーは雨に濡れないまま地下鉄に乗ることができ、オフィスも大手町駅直結なのでさやかは家からオフィスまで一度も傘を広げる必要がない。ささやかな優越感を抱く瞬間ではあるが、それでも朝にスタイリングした髪が着席する頃には崩れてしまうような高い湿度はさやかを憂鬱な気分にさせた。業績が悪化する中、節電のためという名目でコスト削減のためにオフィスの空調の温度が高めに設定されているのも不快だ。

「ごめん、ちょっと今、手空いてる?」

　さやかがパソコンを立ち上げ、朝の日課であるメール処理をこなしていると、遠慮がちな声が背中越しに届いた。後ろを振り返ると、同僚の目黒奈々子(めぐろななこ)の顔があった。

「これからシンガポールと繋いでテレビ会議なんだけど、簡単で良いから議事録をお願いできないかなと思って。ほら、垣田君がちょっとメンタル崩して休んじゃっててさ」

一七〇センチ近い身長をかがめ、片目をつぶって両手を合わせて頼み込む奈々子の仕草はチャーミングで、映画やドラマみたいだなと思った。

奈々子はさやかと同期入社だ。もっとも、奈々子は総合職で、さやかは一般職。職務も待遇も歴然たる差があり、採用も研修もまったくの別コースとなっている。同じ年に入社したというだけで、同期という感覚は一切ない。

新入社員の時点で東京の本社に配属されたさやかは仙台支店配属の奈々子と顔を合わせたこともなく、存在すら知らなかった。奈々子が現在の部署に異動してきて、はじめて同い年だと知ったくらいだ。

銀行では幹部候補生の総合職とサポート役の一般職の間には大きな溝があり、特に女性同士だと関係はややこしくなりがちだ。パリッとしたスーツ姿の奈々子と、会社から支給された制服姿のさやか。二人の格好はそのまま身分の格差を表している。

銀行の一般職といえば、かつてはお茶汲みに代表される雑務が主な仕事で、結婚とともに寿退社するのが普通だった。忙しい男性総合職の結婚相手として「福利厚生」として採用されていた時代もある。今や業務の高度化が進んでお茶汲みなどしなくなったが、それでも役割や責任に厳然たる差があり、決して乗り越えられない壁がある。さやかの所属するグローバル事業本部では、総合職の社員の穴埋めに一般職を使うという発想は通常であれば出てこない。

しかし、年齢が同じだからか、幼少期をアメリカで過ごしたというバックグラウンドのせいか、奈々子はそんな壁など関係ないと言わんばかりにさやかに接してくる。さやかはその奔放さが羨ましくもあり、少し複雑でもあった。

「議事録っていっても、私、英語わからないよ」

「相手は日本人だから平気平気。社内会議の議事録なんて社内のオジサンしか読まないし、体裁さえ整ってればオッケーだから」

部長に聞かれていないか、一瞬ドキリとして周囲を見回してしまった。幸い誰も周りにいなかったが、減点主義の銀行では仕事を軽んじるような言動はありえない行為だ。聞いているさやかのほうがひやひやする。

今年で四十二歳になるというのに、どこか学生気分が抜けきっていないような奈々子だが、テレビ会議が始まると雰囲気が一変した。間の抜けた質問をして会議の流れを混乱させる部長を制し、テキパキと会議の進行をこなしていく。シンガポール支店の人たちも、奈々子に全幅の信頼を寄せているようだった。

「奈々子さん、秋のニューヨーク駐在ほぼ決まりらしいですよ」

先週、一般職の後輩が話していた噂話を思い出す。奈々子の世代では新卒採用の時点で総合職のうち、女性が占める割合は全体の二割以下だった。残業も転勤も当たり前の総合職の業務や責務に耐えられる女性は多くなく、いまも会社に残っているのはごくわずかだ。その中でも、奈々子の存在は際立っていた。一橋大学卒という学歴もさることながら、帰国子女としての語学力や若い頃にトレーニーとして一年間ロンドン、その後三年間シンガポールに駐在していたという華麗な経歴も申し分なく、同期でも頭一つ抜けていた。

　サバサバしている奈々子は決して上司に媚びるタイプでないが、モデルのような外見も相まって、若い頃からオジサン受けも良かったのだろう。役員にもファンがいると聞いたことがある。昨年は新卒採用のホームページでいなほ銀行のグローバル化の最前線について紹介していた。いわゆる、出世コースに乗っている側の人間だ。

　会議をテキパキと仕切る奈々子を見ながら、さやかはつい、しがない一般職の自分と比較してしまう。勉強は好きじゃないくせに、ドラマで見たようなキャンパスライフを送りたいと誰でも入れるような女子大を選んだ十八歳の私は、こうして光が当たらない側の人間として、誰でもできるような仕事をして一生を過ごしていくということまで覚悟を決めていたのだろうか。バリキャリとして働く奈々子の発言を追ってノートパソコンのキーボードをカタカタと鳴らして議事録をとりながら、そんなことを考えてしまう。

「さっきは助かったよ、ありがと！　お昼、外にランチ行こ！」

　一時間半の会議を終えて議事録をビジネスチャットで共有すると、奈々子からすぐに返信があった。奈々子のデスクのほうを見ると、悪戯っぽい笑顔と目が合った。若いな、と思った。同い年にもかかわらず、どこか所帯じみたさやかと違って、子供がいない奈々子は軽やかだ。若作りしている訳でもないのに、自然体で言動がみずみずしい。それは、さやかが子育てをしながら摩耗し、少しずつ失っていったものだった。


「いやー、部長、相変わらずビックリするほど使えないね。あの手の、文章のてにをはは直しとハンコ押すしかできないオジサン、今まで何やってたんだろうね」

分厚いロースカツを豪快に頬張りながら、奈々子が話す。「ランチ、行きたい店があってさ」と誘われた先がまさかとんかつ屋だとは思わなかった。周りにはスーツ姿の脂ぎった男性しかいない。奈々子は気にする素振りも見せず、店員さんにキャベツのおかわりを頼んでいた。

茶碗(ちゃわん)を持つ奈々子の左手の薬指にはプラチナの指輪が光る。ニューヨークに行ったら、旦那さんはどうするんだろう。ＩＴ企業のエンジニアだと聞いたことがあるが、奈々子は単身赴任になるんだろうか。まあ子供がいないと、そこらへん気楽なのかな——。そんなことを考えながらヒレカツを箸で口に運びつつ適当に相槌(あいづち)を打っていると、唐突に
「そういえば平田さん、最近元気？」

と急に話題が変わった。さやかは職場では旧姓を使っているので、ここでいう平田とは健太のことだ。同じ会社とはいえ、支店で法人営業をやっている健太と海外拠点の支援をする

さやかが顔を合わせることは一切なく、普段は意識することすらない。奈々子の口から健太の話題が出るとは予想すらしておらず、動揺してしまう。

「マンションも会社も一緒なのに、全然会わなくて。いまは尾久支店だっけ？」

奈々子がさやかに親しげに接してくるのは、年齢が同じというだけではない。健太と奈々子は若手時代に仙台支店の先輩後輩の間柄であり、さらに現在はローゼスタワーの住民という共通点もある。

「仙台支店時代、後輩の高嶺の花の女子にちょっかいを出してあっけなくフラれた平田君を心配してましたが、東京本店で見事、さやかさんのような美人を射止めたと知って嬉しく思います！」

十五年前の結婚式の二次会。健太の仙台支店時代の先輩の男が酔って顔を真っ赤にしながらマイクを握り、デリカシーの欠片もないスピーチをしていたことを思い出す。隣に座る健太は飲まされすぎたのか、視線が定まらない感じでヘラヘラ笑っていた。その場のウケ狙いのため、一生に一度の晴れ舞台で主役に恥をかかせる神経は理解できなかったが、普段の仕事で抑圧された銀行員が酔ってハメを外しがちなのは知っている。さやかは怒りを押し殺し、作り笑顔でやり過ごした。

その後、深く追及したことはないが、健太がフラれた相手は奈々子だったんだろうなとさやかは推測していた。数年前、休日にローゼスタワーのロビーで顔を合わせた奈々子に

「あ、平田さんもここ住んでるんですか？　偶然ですね！」

と話しかけられた健太が童貞の中学生のように慌てふためいていたのを見て、確信に変わった。もっとも奈々子にとって、新人時代に職場の冴えない先輩に言い寄られていたことなど、記憶に残しておくにも値しない出来事だったんだろう。奈々子が部署異動でさやかと同じチームに配属された後、何事もなかったかのように健太の話題を振ってきたことからも明らかだ。

　高校生や大学生ならいざしらず、さやかもいい年をした大人だ。今更、夫の過去の恋愛遍歴をいちいち掘り返すつもりもない。それでも、奈々子に対してなんとなく微妙な意識は持ち続けている。奈々子が相手にすらしなかった相手と自分が結婚したという事実に女としての敗北感を感じとってしまっているのか、それとも同年代ながら、女性というハンデをものともせず総合職としてバリバリ活躍する姿に対する劣等感か。自分でもうまく言語化できていない。

「旦那はまだ尾久で営業やってるよ。最近、例の不祥事でバタバタしてるのか知んないけど、毎晩遅くまで働いてて、家事も全部私に押し付けてさ。出世コースに乗ってる訳でもないのに仕事仕事で、嫌になっちゃうよ」

　奈々子に対して抱えるモヤッとした感情を隠そうと、つい健太を蔑むような言い方を選んでしまった。平静を装おうと付け合わせの漬物を口に運んだが、苦味だけが口の中に広がる。

「そっかー、確かに平田さん、仙台支店時代も夜遅くまで頑張ってたイメージだわ。てかうちの銀行の男たち、残業もそうだけどいまだに昭和のノリ引きずってるよね。こないだのタイ出張のときも、男たちだけでコソコソ何かやってると思ったら一次会で解散したふりして女の子の店に行ってたんだよ。近くのバーで飲み直してからホテル戻ったら、現地の女の子連れてる部長とロビーでばったり鉢合わせしちゃって。中学生の娘さんもいるのに、マジで倫理観疑うよね」

奈々子は健太の現状には興味がないのか、あっさり話題を変えてまた上司の悪口に戻った。昼飯を食べている最中、顔を知っている上司や同僚たちの買春事情を聞くのもどうかと思ったが、さやかは健太の話が広がらずに、少しホッとしていた。

健太は今年の春にようやく人事の等級が上がった。めでたいことではあるものの、優秀な同期からは三年以上離されていると嘆いていた。年功序列でピラミッド型の組織である銀行では、四十歳を超えて管理職に上がることができなければ出世コースから外れたとみなされ、将来的にグループ会社や融資先に出向させられることになる。この不景気のご時世、仕事があるだけでも御の字ではあるが、給料の大幅減は避けられない。

健太がことあるごとに東大卒の悪口を言っているのも、一流大学を卒業した同期や後輩が自分を差し置き、次々と良いポジションに就いていることに対する焦燥感や劣等感があるのだろう。

身内の贔屓目かもしれないが、傍から見ても健太は仕事ができないタイプではないと思う。振り出しの仙台支店を除けば、キャリアの大半を東京や大阪といった大都市で営業として過ごしているのがその証拠だ。銀行では、使えないとみなされた社員は地方支店をドサ回りさせられることも珍しくないし、支店でも融資先の担保評価や債権回収といった、地味な仕事を延々とこなすだけの中年も多い。四十歳を超えて、営業の現場で数字を残し続けることができる社員はそう多くはない。

ただ、健太がいくら夜遅くまで頑張っても、それが出世には繋がらないのが銀行という世界の厳しさだ。役員名簿に並ぶのは、東大や京大など国立大卒がほとんどで、早稲田や慶應が賑やかし程度に入っているだけ。十八歳の時点の学力が、何より物を言う世界なのだ。

一方、目の前でモリモリとトンカツを頬張る奈々子は健太とは明らかに違う。一橋大学卒という学歴もさることながら、英語を母語のように操り、外国人相手に臆することなく渡り合う姿は一般職のさやかから見ても抜きん出ていた。少子高齢化で国内市場が縮小する中、将来の稼ぎ頭として期待されている海外事業を担うのはエリートの証であり、ニューヨーク駐在ともなればその中でも上澄みだ。どんなに頑張っても一兵卒に過ぎない健太とは、会社からかけられている期待も扱いも別格なのだ。

「所詮、俺たち限界私大文系卒はソルジャーなんだよ」

健太はよく、酔っ払って学歴社会に対する愚痴を吐く。新婚当初、海外駐在を目指して夜な夜なTOEICの参考書を開いていた健太だが、希望を出し続けたのに海外系の部署には縁がなく、充が生まれた直後には大阪への転勤を命じられた。

人事の希望どころか、家族と一緒に暮らすという人間として最低限の生活すら会社の都合で踏みにじられるのが日本企業であり、銀行という組織だ。単身赴任での四年間の大阪勤務から東京に戻ってきた健太が配属されたのは国内営業部隊で、もう自己研鑽のために机に向かって英語の参考書を開くことはなくなっていた。金融の中心であるニューヨークにもロンドンにも縁がない、縮小し続ける国内市場という戦場で使い捨てられる兵士たち。そんな人と結婚した私。ソルジャーの求愛をあっさり断って、エリート街道のど真ん中を歩む国立大卒で帰国子女の才女。同じ組織で働く同年代の人間でありながら断絶は大きく、その差は埋めがたい。

同じマンションに住んでいるといっても、奈々子の部屋は三十五階の広々とした3LDKだ。不動産ポータルサイトの情報では、同じような部屋がさやかや健太の部屋よりも四千万円近く高い値段で売買されている。いくら教育費の負担がないとはいえ、一億円を軽く超えるようなマンションは生活に余裕がなければとても手が出ないはずだ。入社年次は健太のほうが上ではあるものの、もう等級や給料は逆転しているのかもしれない。

ニューヨークに転勤したら、あのマンションは貸すのかな、それとも売るのかな。買ったときから結構マンション相場は上がっているはずだけど、売却益は何千万円くらい出るんだろう――そんな下世話な想像を働かせる自分に、また嫌悪感を抱く。子供が生まれ、学生時代のような女同士の僻(ひが)み妬みの世界からは解放されたつもりだったのに、まったくそんなことはなかった。四十代になって、むしろ酷(ひど)くなっている気がする。

「いやー、食べた食べた。やっぱ肉食べないとパワー出ないね。午後も無駄な会議が二個あるけど、これで乗り切れそう！」

勝手に惨めな気分になっているさやかをよそに、奈々子は満足そうな顔で食後のお茶をすすっていた。タワマン低層階の狭い部屋で肩を寄せ合って、夫婦ともキャリアに上がり目がない中で子供の成績に一喜一憂する私たちの姿は、奈々子の目にはどう映るのだろう。そもそも、奈々子はなぜ子供を産まなかったんだろうか。立ち入ったことを聞く間柄でもないが、海外と東京を行き来する華やかなキャリアを優先したのだろうか。それとも望んだのに産めなかったのか。このままではあまりにも惨めなので、できれば後者であってほしい――。

とんかつ屋から外に出ると、雨はやみ、空には久々の晴れ間がのぞいていた。閉じた傘をぶら下げながら往来するサラリーマンたちの足取りも心持ち軽やかだ。隣にいる奈々子に対し、ドロドロした感情を抱えて歩く今の私は、久しぶりの青空に相応(ふさわ)しい顔をできているのだろうか。

「気持ち良い天気だねー。今日は色々ぶっちゃけられて楽しかった！ また今度、ランチしようよ！」

小気味良いリズムで話しかける奈々子からの呼びかけにさやかはすぐに返事をすることができず、曖昧な作り笑顔で返すのが精一杯だった。大手町の高層ビルと高層ビルの合間から差す、太陽の光。その眩しさが、ただ痛かった。

＊

「え、買い物？ 俺はパス！ 今日は一日ゲームするって決めてるの！」

六月中旬。梅雨のさなかの土曜は珍しく晴れていて、健太は早朝からイソイソと支店のゴルフコンペに出かけていった。今日は学校も塾も何の予定も入っていない土曜日だし、二人で買い物にでも行こうと充に声をかけたが、あっけなくフラれた。五年生になったあたりから、充はさやかと一緒に出歩くのを避けたがるようになっていた。

「男の子が可愛いのは十歳までよ、後は旦那二号みたいになって憎たらしいだけ。あいつら、中学生になるとすね毛とか生えてくるから」

男児二人を育てている職場の先輩の言葉を思い出す。幼少期に健太が単身赴任でワンオペだったこともあり、昔からママっ子でトイレの中にまでついてきた充だが、確かに十歳を超えたあたりから母親離れが著しい。最近では一緒に出かけても、わざと遠くを歩く始末だ。最後に手をつないでくれたのは一体、何年前のことだったんだろう。子供の成長は嬉しいが、これまで大事にしてきたものがポロポロと欠けていくようで寂しい。

親の心も知らず、ソファに座った充は手元に置いたタブレット端末で攻略動画を見ながら、器用にテレビに向かってゲームコントローラーを動かしている。平田家では普段、動画サイトもゲームも制限しており、週末だけ、一日一時間と決めている。充が五月の月例テストで偏差値65という自己ベストを叩き出したことで、今日はその制限が外れた。さやかが軽い気持ちで提案した「偏差値65以上とったら一日自由にゲームやらせてあげる」という約束が履行されることとなったためだ。

そんな時間があるなら、算数の苦手分野の平面図や比と割合の復習に少しでもあててほしいと思ってしまうが、自分から約束をした手前、今更やめろとは言えない。一緒に買い物に出かけようという提案をあっさり断り、朝から自堕落な生活を全身で満喫している充を見ているとイライラしてきた。

「じゃあママは買い物行ってくるからね。お昼は冷凍庫の冷凍食品適当にチンして食べなさい。一時間ゲームやったら十分休むのよ。何かあったら電話してね」

何の反応も示さない相手に、一方的にまくしたてることほど虚しいことはない。一人息子ということで猫可愛がりしてきたのに、気がつけば実家で母が弟を叱るときと同じような口調になっている。

充のせいで朝から嫌な気分になったさやかだったが、その気持ちを癒やしたのもまた、充の存在だった。


「【ブリックス】六年エス　偏差値65以上の広場【専用】」


バスに乗ってスマホを開くと、中学受験生の親が集まる匿名掲示板のスレッドが目に入った。このスレッドの冒頭には、ブリックスに子供を通わせている親のうち、偏差値65以上でないと書き込めないというルールが明記してある。掲示板の常連でありながら、成績で差別されているようで感じが悪いし、偏差値60でウロウロしている我が家には関係ないと思ってこれまでスルーしていたさやかだったが、充がその資格を得たということだし、怖いもの見たさでアクセスしてみた。

「皆さん第一志望は開成と筑駒、どっちにしますか？」

「うちは海外大も選択肢に残しておきたいから、渋渋か広尾かな」

「東大か医学部か、学校選びの段階で進路まで考えておかないとね」

スレッドに出てくる学校名はどれも抜群の進学実績を誇る超一流校だ。まだ中学受験まで七ヶ月以上あるというのに、既に合格前提で大学受験の話までしている親もいた。誰もが、自分の子供たちの輝かしい未来を信じて疑っていない。

私たちが偏差値60の壁でもがいている間、トップクラスの子の親が見ていた景色はこうも違ったのか。同じタワマン高層階に住む充の親友、高杉隆君は常時偏差値70オーバーだと聞いているが、高杉さんも、この掲示板を読んでいるのだろうか。

隆君は別格としても、偏差値65といえば、上位七％程度にあたる。難関校指導に定評のあるブリックスに通う子たちが母集団であることを考えると、日本でもトップクラスの小学六年生といっても過言ではない。うちの息子は、そのトップ層に仲間入りを果たしている——。そう考えるだけで、さやかは胸が躍った。毎朝六時に起きて計算や漢字ドリルに付き合い、動植物や歴史年号の暗記カードをせっせとめくってあげた効果があった。健太はそこまでする必要あるのかと冷ややかな目線を送っていたが、私は間違っていなかった。

「せっかくブリックスに通わせても、大半はエスに通う子の養分ですからね」

掲示板に出てきた「養分」という言葉の強さにドキリとする。多額のお金を払っていながら、期待に見合う成果を出せず、ただ漫然と塾にお金を払うだけの家庭のことだ。塾は宣伝になるトップ層のクラスには経験豊富なベテラン講師を充て、下位のクラスには大学生のアルバイトを充てているという噂を聞いたこともある。今月のブリックスの月謝は約六万円。夏休みには別途、夏期講習と志望校別の夏期集中特訓で二十五万円近くかかると聞いている。

ここまで母子二人三脚で頑張ってきて、大金も払って、我々が養分であって良いはずがない。

スマホの向こう側にいる「戦友」たちの発する情報をインプットしながら静かに闘志を燃やしていると、目的地である銀座にたどり着いた。若い頃は会社が終わった後に表参道や新宿まで服を買いに行くようなこともあったが、子供が生まれるとそういった機会は一切なくなった。最近では湾岸地区からバス一本で行ける銀座一択だ。三越や松屋で服や化粧品を見た後、ファストファッションの店やドラッグストアで買い物をして、少しカフェで休んで家に帰るというのがさやかの定番のルートとなっていた。

昔から、ウィンドウショッピングが好きだった。高校生の頃から、実家から一番近い都会である大宮のルミネで何時間でも潰せた。良いなと思った服の値札を見て、自分には縁がないとため息をつくのは四十二歳になった今でも変わらない。今の時代、服や化粧品を買うだけならネット通販で事足りるが、それでは駄目なのだ。こうして百貨店で実際に商品を手にとってあれこれ悩む時間は何ものにも代えがたい。

「あれ、さやかさん?」

夏場のオフィスでも使えるような薄手のカーディガンを品定めしていると、聞き覚えのある声が聞こえた。ふと振り返ると、そこにはタワマン高層階の住人である、高杉綾子の姿があった。傍らには噂の天才ピアノ少女、玲奈がいる。

「さやかさんもお買い物？　あら、そのカーディガン、すごく綺麗なグリーン。さやかさんに似合いそう」

　両手に紙袋をぶらさげた綾子が嬉しそうに話しかけてくる。曖昧に相槌を打ちながら、違うんです、私はただ見ていただけなんです。富裕層のあなたと違って私は百貨店の服なんて買える身分ではないんです。ここでは見るだけで、あとでファストファッションの似たような服を探そうとしてたんです――と声にならない声を発するが、キラキラした綾子の前でハンガーを戻すのも躊躇われ、見栄を張ってつい店員さんを呼んでしまった。二万九千七百円。クレジットカードを切る手が震える。夏のボーナスで古くなっていた掃除機を買い換える予定だったが、冬まで持ち越すことが決まった。

「それにしてもすっごい偶然。そうだ、今から時間ある？　これから玲奈のピアノのレッスンで私も時間できるから、お茶でもしましょうよ」

　怒涛の勢いで綾子がグイグイ距離を詰めてくる。この場でノーと言える気力があれば、流されるがままに身の丈を超えた高価な服を買うこともなかったのだろう。綾子のペースに乗せられ、玲奈が通っているという、銀座中央通りの雑居ビルに入っているピアノ教室まで三人で連れ立って歩く。

「ママばっかり買い物してずるい、レッスン終わったら私の服も買ってよ」

　玲奈が唇を尖らせる。そうか、娘だと母娘でショッピングもできるのか。今朝、充に買い物への同行を拒否されたことを思い出し、傷口がえぐられる。
　歩きながら、改めてじっくり玲奈の横顔を見る。母親の綾子譲りのくっきりとした二重まぶたに通った鼻筋、透き通るような白い肌。口調こそ年相応に幼い小学四年生だが、道行く人が振り返るような美少女だ。さらにピアノも巧いときた。自慢の娘と他愛ない会話をしながら、休日にショッピングを楽しむ。さやかの理想の親子の姿が、そこにはあった。

「うーん、これは男の子ですね。ほらこれ、突き出てるところがおちんちん」
　十二年前、通っていた産婦人科で高齢の男性医師にあっさり胎児の性別を告げられた瞬間のことは、きっと死ぬまで忘れないだろう。妊娠が判明した瞬間から、さやかは娘の名前ばかり考えていた。口にこそ出さなかったが、息子よりも娘のほうが良かった。先に子供を産んだ友人が娘を着せかえ人形のようにしてSNSに写真をアップしていたのが羨ましかったし、高校を卒業してすぐに子供を産み育てている地元の友人たちからは
「絶対女の子のほうが楽だよ」
と聞かされていた。実際、地元の友人との集まりでも、うんこやちんちんと下ネタで騒ぐ男児の世話は大変そうで、おままごとやお人形遊びで静かに遊んでいる女児とは明らかに違った。もっとも、実際に産まれてきた充は可愛かったし、第二子が女子だったら良いなという程度だった。

しかし、充が生まれて程なくして健太の大阪転勤が決まった。昔の銀行であればさやかが仕事を辞めてついていくというのが普通だったのだろうが、ローゼスタワーは夫婦共働きを前提としたペアローンで買っていた。

　家族会議の末、単身赴任という形でさやかが一人で東京に残って育てることにしたが、ワンオペの育児は想像を絶するような苦労の連続だった。充が熱を出したと保育園から電話が来るたびに仕事を切り上げ、同僚に何度頭を下げたか覚えていない。週末の夜、山のように積もった洗濯物を畳みながら、涙を流したことも一度や二度ではない。健太が東京に帰ってきた後、もう一人産もうという気力も体力も、さやかには残っていなかった。

　もしあのとき、健太の単身赴任がなかったら。もしあそこで頑張ってもう一人産んでいれば。もし私たちに２ＬＤＫじゃなくて、３ＬＤＫの部屋を買えるくらいの財力があれば——仲睦(むつ)まじげに歩く綾子と玲奈を見ながら、さやかは頭の中で「もし」を繰り返す。全国転勤が当たり前の人事制度、夫一人の稼ぎでは買えない価格の都内のマンション、限られた出産適齢期。親の助けを借りず、夫婦で働きながら東京で子供を産み育てるというのがこんなに難しいとは、学校の先生も会社の人事も、誰も教えてくれなかった。

　玲奈をピアノ教室に送り出した後、綾子が

「ここの苺(いちご)パフェが美味しいのよ」

と誘ってきたのは、銀座のど真ん中に店を構える、由緒正しいフルーツパーラーだった。期間限定の苺パフェ、二千五百三十円。メニューの値段を思わず二度見してしまう。ドリンクもつけると、三千円を軽く超える。充の勉強のためであれば数万円の出費も惜しくないが、自分のためとなると千円でも高く感じる。さっき買った服の値札が脳裏に浮かぶ。週明けからランチを週五で社食にして帳尻を合わせようと自分に言い聞かせながら、綾子に合わせる形で恐る恐る苺パフェを注文した。

同じマンションに住み、PTAの付き合いでよく顔を合わせているとはいえ、こうして綾子と二人で話すのは初めてだ。さて何を話そう、と思案を巡らせていると、口火を切ったのは綾子だった。

「そういえば充君は志望校、どこにするか決めました？」

夏休みの予定を尋ねるように、こともなげに聞いてくる綾子。おっとりとした口調ではあるが、中学受験生の親同士、志望校はもっともセンシティブな話題だ。いきなり踏み込んでくる綾子の遠慮のなさにおののく。

「うーん、うちはまだ決めてないんです。ほら、隆君みたいに優秀じゃないから。今日も一日ゲームするんだって朝から張り切ってて、隆君の爪の垢を煎じて飲ませて欲しいくらいですよ」

つい一時間前までスマホで掲示板を見ながら偏差値65の息子を育てた母親として高揚感を

抱えていたことは綺麗サッパリ忘れたように、早口で答える。五月の月例テストの結果が返ってきたとき、ブリックスから配られた偏差値ランキングと見比べながら名門校に入学した我が子の将来を妄想していたとは口が裂けても言えない。

「あら、そうなんだ。隆は充君と仲良いみたいだし、一緒の学校に行ってくれたら心強いんですけど」

ポットに入ったアールグレイをティーカップに注ぎながら、こともなげに話す綾子。隆君と同じ学校というのは、筑駒や開成といった最難関校のことを指すのだろうか、大変光栄なことではあるが、苺パフェを食べようというのと同じノリで誘わないで欲しい。

「私は勉強のことまったくわからないから、家庭教師の先生に全部お任せしてるんですけど」

こちらのモヤモヤした気持ちなどお構いなく、綾子は続ける。さやかが毎朝六時に起きて足りない頭を絞ってブリックスのテキストと格闘している間、高杉家では勉強のプロに宿題の管理を含めたすべてを任せているのだ。綾子がどこの大学を出たのか知らないが、優雅な佇(たたず)まいから見るに育ちは良いのだろう。少なくとも三流女子大出の自分よりは賢そうだ。夫は国立大医学部卒の医師で、MARCH卒のソルジャー銀行員とは比較することすらおこがましい。最先端のエンジンを積んだスポーツカーを、プロのメカニックがサポートしている高杉家。一方、我が家は軽自動車を素人(しろうと)が無理やり尻を叩いて進ませているようなものだ。好きでもない勉強を強いられている充に対して、申し訳ない気持ちになる。

「やっぱり隆君はお医者さんを目指すんですか？」

話題を変えようと、質問してみる。これはさやかの純粋な好奇心でもあった。日本経済の衰退が明らかな中、高収入と安定の代名詞である医師資格を求め、医学部の人気は年々右肩上がりで上昇している。特に国立大の医学部は東大よりも難易度が上がっていると、最近読んだ雑誌には書いてあった。代々続く開業医の息子として、隆君に対する期待も大きいのだろうか。

「そうね、玲奈はピアノの練習で勉強まで手が回らないし、隆が夫のクリニックを継いでくれないと駄目なんですよね。わかってはいるんですけどね……」

窓の外を見つめながら、綾子が話す。その視線は歩行者でもなく、街並みでもなく、遠い何かを追っているようだった。いつも自信満々な綾子の、今まで見たことがない表情だった。

てっきり、いつものようにマウンティング気味に返してくると思っていたので、さやかは虚を突かれた。開業医の夫を持ち、誰もが羨む豪邸に住み、理想の息子と娘に恵まれ、この世のすべてを手に入れたかのように見える綾子の、知られざる一面を垣間見た気がした。開業医の家に嫁ぐというのは、我々庶民には窺(うかが)い知れぬプレッシャーでもあるのだろうか。

その後はＰＴＡや学校の先生の話や、玲奈のピアノの話などを聞いているうちに、あっという間に時間は過ぎた。相変わらず綾子の高いところからの目線は少し引っかかったが、ひょっとしたら世間知らずなお嬢様がそのまま成長しただけなのかもしれない。そう考えると、少し気が楽になった。これまで綾子に苦手意識を持っていたさやかだったが、自分でも意外なほど打ち解けていた。二千五百三十円の苺パフェは、これまでの人生で口にしたことがないようなまろやかな甘味だった。

*

「ごめんね、こんな遠いところまで」

改札の前でマミが手を振る。二十年以上前の、渋谷駅ハチ公口改札の風景がフラッシュバックする。大学生の頃から、いつも時間ギリギリに着くさやかをマミは嫌な顔ひとつせず待っていて、改札の向こうで手を振っていた。社会人になってから待ち合わせ場所は麻布十番駅や六本木駅に変わったが、それでも毎回、先に着くのはマミだった。金曜夜、改札で待ち合わせして、西麻布の会員制のバーや六本木のクラブで遊び回った。

一体、二人で会うのは何年ぶりだろう。久々に会うマミは少しふっくらしたように見えるが、自分も他人のことは言えない。それだけ長い年月が経ったということだろう。有給休暇を取った六月下旬の平日。日差しが照りつける中、もう梅雨は明けかけて、夏はすぐそこまできていた。

「マミ、全然変わらないね」

「さやかこそ」

お世辞でもなく、気を遣っている訳でもなく、自然と口から出た。そう、何も変わっていない。お互い四十代になっていようが、何年ぶりだろうが、顔を合わせれば一瞬で年齢も時間も関係なくなる。それが親友というものだ。一つだけ違うのは、ここが渋谷でも麻布十番でも六本木でもなく、流山おおたかの森駅だということだけだ。港区はおろか、東京ですらない。千葉県だ。都心から一時間離れたベッドタウン。それがマミの現在地だった。

他愛もない話をしながら歩いた先にある駐車場には、七人乗りの白いアルファードが鎮座していた。

「え、これ、マミ運転できんの？」

思わず聞いてしまう。小柄なマミが、こんな大きな車を？　どうしてもイメージができなかった。

「東京と違ってここら辺だと車がないと不便でさ。こないだも横こすって旦那に嫌な顔されたけどね」

さらりと笑いながら、マミが運転席に座る。助手席から振り返ると、後部座席に備え付けられたチャイルドシートには泥がこびりつき、荷室からはコールマンの折りたたみ椅子が飛び出ていた。足元にはグミの空袋が転がっている。

「いやー、お恥ずかしい。何回掃除してもすぐ汚して、嫌になっちゃうよ」

バックモニターに視線を落とし、ハンドルを巧みに操りながらマミが話す。高校卒業時に免許を取ったきりでペーパードライバーのさやかとは明らかに別次元の運転で、マミは人馬一体となってアルファードを駆っていた。

埼玉の田舎の公立高から都内の女子大に進学したとき、最初のオリエンで隣の席に座ったのが千葉県我孫子市出身のマミだった。地方でもなく東京でもない、埼玉と千葉の郊外という微妙な出身地の者同士、すぐに意気投合した。早稲田とのインカレサークルで一緒に遊んだり、夏休みに沖縄でリゾートバイトしたり、四年間、何をするのも一緒だった。さやかが居酒屋バイトの同僚と三年越しの大恋愛の末に別れたとき、夜通し失恋カラオケにつきあってくれたのもマミだった。

　さやかが銀行に、マミが生命保険会社にそれぞれ一般職として就職してからも、毎週金曜日に待ち合わせては港区で飲み歩いた。夜の港区では、少し若い女子というだけで飲み代を払ってくれる男はいくらでもいた。二人とも酒は強かったし、あの手この手で持ち帰ろうとする男たちを軽くあしらって、二人でルームシェアしていた芝浦の築古2DKのマンションまでタクシーで帰った。ほろ酔い気分でタクシーの窓から流れる夜景を見ながら、眠らぬ街、東京の一員になれた気がして誇らしかった。

　翻って現在。アルファードの助手席から流れる景色を眺める。焼肉屋、ホームセンター、自動車ディーラー……どれもさやかの実家周辺と同じような、ありふれたチェーン店ばかりが並んでいる。日本全国どこでもあるような、個性の欠片もないロードサイドの街並み。

「東京と比べると、退屈な風景でしょ」

心を見透かされたようでドキッとする。謙遜するわけでもなく、卑下するわけでもなく、妙にさっぱりしたマミの横顔を見て
「ああ、降りたんだな」

と思い、寂しくなった。いつも流行の最先端を走り、二人で飲むときもチェーン店は嫌だとわざわざ雑誌でこだわりの居酒屋を探していたマミはもうどこにもいないのだ。

さやかより一足先に結婚した後も、マミはさやかの相棒であり続けた。むしろマミの息子の雄一(ゆういち)君と充が三ヶ月違いで同い年ということもあり、絆(きずな)は深くなった。今のように子育ての環境や情報が充実していた時代じゃない。産休・育休、保活など東京での限界共働き子育てサバイバルを二人で相談し合い、励まし合いながら乗り切った。

「私たちはタワマンに住んだまま仕事辞めずに働き続けて、イケてるママになろうね」

湾岸の海沿いの遊歩道を二人、海外製のゴツいベビーカーを押しながら誓い合ったことを思い出す。埼玉と千葉の郊外という微妙なコンプレックスを抱えた者同士、生まれも育ちも東京の、東京一世の子供を育てることは共通の夢だった。タワマンのローンを返し、子供を育て上げて、はじめて東京という街に勝てるような気がしていた。

けれど、そんな誓いはあっけなく破られた。

「笑っちゃうよね、双子だって」

七年前、マミが手渡してきたエコー写真には、枝豆のように二つ連なった胎児が写っていた。おめでとうと言うべきか逡巡(しゅんじゅん)している間、マミは独り言のように呟いた。

「教育費も二倍、子供部屋もあと二つ必要。もう、東京に住むのは無理かな」

すべてを覚悟したであろう親友を前に、さやかは何も言葉をかけることができなかった。

一時間半近く離れた実家に住む両親のサポートも受けられない中、仕事と子育てを両立することの大変さは、他でもないさやかが一番知っている。ましてや双子。上の子の小学校と同じ学区内で手頃な価格の4ＬＤＫのマンションを探すことがどれだけ大変か、想像すらつかない。

結局、マミは仕事を辞め、実家近くの千葉県流山市に引っ越した。

「マンションが結構高く売れたから、思ったより大きい一軒家を建てられそう。なんだかんだラッキーだったかも」

努めて明るく笑っていたマミだったが、それが本心じゃないことは、十五年以上一緒にいたさやかが一番よくわかっていた。レインボーブリッジの向こうで夕日が高層ビル群に沈んでいく中、引っ越しトラックとともに去るマミたち一家。なんとなく連絡を取りづらくなって、その後は年賀状の写真で三人の子供の成長を追うだけとなっていた。

　今回、マミから連絡をもらったとき、正直、会うかどうか悩んで返事を丸一日返せなかった。どんな顔をすれば良いのかも、何を話したら良いのかもわからなかった。それでも、受験や仕事やPTAの雑務といった種々のストレスから逃れたいと思ったとき、ふと思い浮かんだのがマミの顔だった。

　日々の生活で心がささくれ立つ中、「都落ち」した親友の現在地を見て安心したいという卑しい気持ちがなかったといえば嘘になる。歯を食いしばり、東京という街に負けずに頑張っているという自負から生じるほのかな優越感と、かつての親友にすら内心でマウントを取ってしまう自分の卑しさ。混沌とした感情を抱えていると、車が止まった。

「着いたよ、少し駅から遠くてさ」

　目の前にそびえ立つ建物は、豪邸と呼んでも差し支えない代物だった。東京の狭い土地にひしめくペンシルハウスを勝手に想像していたさやかは、呆気にとられた。綺麗に整理された区画には、瀟洒な一軒家がズラリと並ぶ。どの家も注文住宅なのだろう、一つ一つの家に個性があり、どれ一つとして同じものはない。無機質なタワマンが並ぶ湾岸とは対照的だ。

「ただいまー。ベス、そこで寝ないの！」

　木の匂いが漂う広々とした吹き抜けのリビングでは、入り口でゴールデンレトリバーがうたた寝していた。そういえば昔、「将来犬を飼いたいね」なんて話をマミと二人でしていた気がする。犬が欲しいという充の願いを「うちは狭いからそんな余裕はないでしょ」と拒否したのと同じ口で。

　この悠々とした空間に、60平米の我が家がすっぽりおさまりそうだ。70インチはあろうかという巨大なテレビ、一枚板のダイニングテーブル、アイランド式のキッチン、巨大な冷蔵庫、七面鳥が焼けそうなオーブン――。全部、私が欲しくて、それでも今の部屋ではとても無理だと諦めたものだ。

　マミの案内で階段を二階に上る。三人の子供にはそれぞれ個室があり、夫婦の寝室とは別に書斎まであった。学校に通うあるじたちが不在の子供部屋にはおもちゃや本がそこかしこに散らばっていて、いまにも三人兄妹の騒がしいやりとりが聞こえてきそうだった。充と同級生である雄一君が、小学一年生になったばかりの双子の妹二人が喧嘩しているのをなだめる姿を思い浮かべる。保育園に通っていた頃、弟や妹が欲しいと騒いでいた充だったが、あるときを境に何も言わなくなった。私たちが諦めさせたんだろうか。胸の奥で、今まで見て見ぬ振りをしていた何かが蠢く。

　コストコで買ったという冷凍ピザをオーブンで温めつつ、ベスにおやつをやりながらマミが尋ねる。

「充君、塾とか行ってるの？　東京の教育事情は大変だって聞いたけど」

「うん、なんだかんだ毎日通ってるけど、仲良い友達とかもいるし、結構楽しいみたいよ。私は受験事情とか中学校とか全然わからないから、どこでもいいやって感じなんだけど」

なんで私は親友相手に、本心を隠してよそ行きの建前を話しているんだろう。先週末も、もっとゲームがしたいと駄々をこねる充を叱りつけ、机に向かわせたのは他でもない私なのに。子供の将来のためと言いながら、自分の行為に後ろめたさを感じていることを、まだ私は認めることができていない。

「そっか、充君が楽しんでいるなら良いね。今年の春に雄一の学年に転入してきた子がいるんだけど、東京で受験ノイローゼになっちゃったから全部やめて、こっちに引っ越してきたんだって。ストレスで円形脱毛症になったらしいよ。そこまでして子供を追い詰めるって、噂には聞いてたけど東京の子育てはすごいんだね」

マミの何気ない言葉が、鋭利な刃となって突き刺さる。自分が同じ立場だったら、途中でブレーキを踏むことができただろうか。髪がポロポロと抜けて十円ハゲができた充を想像し、身震いする。

「ここのあたりは中学受験とかあんま盛んじゃないから、そこらへんの事情に疎くてさ。雄一もサッカーばっかやってるし」

リビングの壁にはコルクボードが貼ってあり、家族写真と並んで雄一君のサッカーチームの写真が飾られていた。泥だらけになり、膝小僧をすりむいた雄一君は、よく日焼けしていた。

かつて充もサッカースクールに通っていたが、平日の塾と練習がかぶるようになり、小五の夏でサッカーは辞めた。元サッカー少年の健太は残念がっていたが、さやかは内心ほっとしていた。むしろ、そうなるように仕向けていた節すらある。

サッカーなんていくら上手くてもプロになれる訳でもないし、万一、プロになってもちゃんと稼げるのは一握りだ。その点、勉強は上位一割にいれば安定した将来が約束される。世の中のことを何もわからない子供に対し、確実性が高い方向にさり気なく誘導するのも、親の務めだ。そこに躊躇はない。ただ、写真に映っている雄一君のような、充の満面の笑みを最後に見たのはいつだっただろうか。

「私も旦那も高校まで公立だったし、子供の頃は無理に勉強するより、友達と楽しく遊んで欲しいかなって。本音ではもうちょっと頑張ってほしいけど」

マミに気負った感じはない。公立中学に進学することはリスクだという噂を信じ「将来の選択肢を増やすため」とブリックスに充を通わせ、残酷な偏差値競争に我が子を追い立てている私の決断は本当に子供のためだったのだろうか。リビングから見える庭に鎮座するバーベキューコンロを横目に、そんな思いが頭をよぎる。

さやかの表情が暗くなったことを察してか、マミが話題を変える。

「まあ千葉の郊外で、しかも駅から遠い注文住宅だからね。タワマンと違って資産価値とか期待できないし、今から老後が不安よ」

言葉とは裏腹に、マミは明るく笑っていた。毎晩、寝る前にスマホで不動産ポータルサイトを巡回し、ローゼスタワーの中古物件が新築のときからいくら値上がりしているか、含み益を確認している自分が恥ずかしかった。


「ただいまー、あれ、お客さん？」

「ママ聞いて、ユイが酷いんだよ！」

喧騒とともに、姉妹が学校から帰ってきた。最後に別れたときはまだ首が据わったばかりの乳児だったのに、もうこんなに大きくなったのか。よその子の成長は早い。気がつけば、時計の針はもう三時を回っていた。

「もうそろそろ帰ろっかな。夕食も作んなきゃいけないし」

さやかが切り出すと、マミは
「そっか、もうそんな時間か。ユイ！　サキ！　ママはこれから駅行くから、遊びに行く前に宿題やっときなよ！」

とよく通る声を出していた。そういえば昔からこうやって、雄一君にチャキチャキと指示を出していた。マミは昔から変わらない。変わってしまったのは私だ。

家を出て駅まで送ってもらう途中、ハンドルを握るマミが呟いた。

「今日は久しぶりに会えて嬉しかった。私は仕事も東京での暮らしも諦めたから、今でもたまにさやかのことが羨ましくなるよ。でも、ここで千葉県民として生きていくって決めたんだ」
リーバイスのジーンズにナイキのスニーカー、ユニクロの上着。服装に気を遣っていた昔のマミからは考えられないけれど、無性に格好良かった。先日デパートで買った、よそ行きのカーディガンをここぞとばかりに羽織った自分が少し恥ずかしかった。

駅前のロータリーで降ろしてもらい、つくばエクスプレスの区間快速に乗り込む。秋葉原とつくばを結び、茨城県や千葉県、埼玉県の沿線住民を東京に送り込む地域の大動脈は平日の日中にもかかわらず、多くの人で賑わっていた。みんな、東京に用事があって出かけるんだろうか、それとも、私のように東京に帰る人も混じっているんだろうか。外見からは、まったく区別がつかない。

私にも、マミのように東京を出るという選択肢があったのだろうか。そんなことを思いつつも、車窓から見える田畑が住宅で埋め尽くされ、風景に高いビルが混じるようになるのを見て、少し落ち着く自分がいる。三十五年ローンの返済に追われながら東京という街でウサギの寝床のような狭い家で暮らす日々に違和感を覚えながらも、郊外でのゆったりした暮らしにリアリティを感じることができない。これが、今の自分の、嘘偽らざる思いだ。

子供には子供らしく健康的に育って欲しいと願いながらも、良かれと思って過酷な受験戦争に送り出し、偏差値という無機質な数字で一喜一憂してしまう。東京というすべてが狂った異常な街で、息が詰まるようなこの場所で、私たちは何を追い求めて消耗しているのだろうか。

電車の揺れに身を任せながら、幸せとはなんだろうとぼんやり考える。ふと、スマホでおたかの森の物件情報を探してみた。マンションも戸建てもさやかの部屋より安い物件ばかりだったが、本当に探していた答えは見つからなかった。

第2章

夏
平田健太の焦燥

Frustration of Kenta

暑く、静かな夏だった。すべてを焦がすように照りつける太陽の下、スタジアムにいる全員の視線が自分に注がれているのがわかった。ベンチにいる後輩たちは両手を合わせて祈っている。あいつら、ここまできて神頼みかよ。思わず苦笑する。静寂の中、遠くからセミの声だけが聞こえる。陽炎（かげろう）の向こう、正面に対峙（たいじ）するキーパーがガチガチに気負っているのがわかる。ＰＫは得意で、小学校の頃から試合で失敗したことはない。この手の相手の場合、少しテンポをズラして蹴ってやれば、余裕だろう。４－３、ここで決めればまた振り出しだ。助走をつけて走り出したところで、自分の心音がいつもより大きいことに気がついた。しまった、このまま蹴ったら駄目だ、一旦止まってやり直せ——。

平田健太が目を覚ますと、寝間着代わりに着ているサッカースペイン代表のレプリカユニフォームはびしょ濡れだった。この夢を見るときはいつもそうだ。随分昔のことだというのに、あの夏のことは今でも身体が覚えている。全国高校総体サッカー岐阜県予選、決勝。あの夏、右足で蹴ったボールがゴールポストに当たらなければ、全国大会のグラウンドに一歩でも足を踏み入れてさえいれば、こうしていい年になった大人になっても未練がましく過去を振り返ることもなかったのかもしれない。

それにしても、今年もまたこの季節がやってきた。まだ七月になったばかりだというのに、朝から真夏のような暑さだ。高校時代の夏はここまで暑くなかった気がするが、これも地球温暖化の影響なんだろうか。とにかくのどが渇いた。健太が水を飲もうと寝室からリビングに続く扉に手をかけた瞬間、怒声が家中に響く。

「何回同じミスしてんの、計算問題は解き終わった後にちゃんと確認しなさいって言ってるでしょ！」

この声を聞くたび、自分が叱られているような気がしてビクッとする。扉一枚隔てたリビングの様子が手にとるように想像できる。問題集の解答を片手に怒っている妻のさやか、そしてしょげた顔をしてうなだれている息子の充。お調子者の充は中学受験塾ブリックスで五月の月例テストの結果が良かったと浮かれていたところ、六月のテストが惨憺（さんたん）たる出来だったらしい。さやかは「これで偏差値が下がってエスに残れなかったらどうしよう」と塾のクラスの組分けを巡ってオロオロし、やがて毎日が生理前であるかのように機嫌が悪くなった。湧き上がる怒りの矛先が向かうのは、勉強をサボっていた息子だ。朝六時だった勉強開始時間は五時半に繰り上がり、家には常に張り詰めた空気が漂っている。

「このままだと、塾の養分になるわよ。ブリックスの正社員の優秀な先生は隆君みたいなエスの子たちにだけ教えて、下のクラスの子たちは無責任なバイト講師に教えてもらうことになるのよ。悔しいでしょ、それで良いの？」

さやかがヒートアップしている。小学生に正社員とバイトの違いがわかるはずもないが、そんな当たり前のことすら理解できないほど取り乱していた。そろそろ止めないとまずい。意を決して恐る恐る扉を開けると、不機嫌そうなさやかと、充のホッとした表情が同時に視界に入る。危機的な状況のときこそ落ち着け、ここで焦るとPK戦の二の舞だ。

「おはよう、今日も朝から頑張ってるね。二人とも偉い！」

できるだけにこやかに話しかける。ここで

「たかだか計算問題を一問間違えたくらいでそんな朝からギャーギャー怒らなくても良いんじゃないの？　そんなに怒ったところで萎縮してむしろミスが多くなるだけでしょ」

という本音を口にしたら、さやかの怒りの矛先が健太に向かってくることは想像にたやすい。もっとも、ここで健太がさやかに同調すれば、充の逃げ道がなくなる。できるだけ穏便に、平穏な空気に持っていくのが一家の大黒柱たる自分の務めだ。

「お、もう六時半か。ごめんごめん。もう朝飯にしよっか。二人とも一旦勉強はやめにして、着替えてきたら？」

充を塾に通わせると決めた五年前から、勉強を見るのはさやかの係だった。小学生の子供を勉強漬けにする中学受験に対して元々良い印象を持っていなかった健太だが、実際に親として体験してみて、その思いは更に強固となった。遊びたい盛りの小学生を机に向かわせる行為自体が親による洗脳であり、特に最近のさやかの入れ込みぶりは、健太からすると虐待にしか見えなかった。

「ここで頑張れば将来の可能性が広がるから」

といくら言われたところで、十一歳や十二歳の少年が将来の可能性なんてものを理解できているはずがない。健太が小学生の頃を振り返っても、あの頃は自分がサッカー選手になれると信じて疑わなかった。時代こそ違えども、小学生男児なんてそんなものだ。充が好きでもない勉強を一生懸命やっているのも、自分の意思とは関係なく放り込まれた熾烈な受験戦争で結果を出し、母親であるさやかに褒めて欲しいという一心であることは健太にだってわかる。

一方、社会人である健太はさやかの言う「可能性」という言葉の意味も痛いほどわかる。自分がサッカーで飯を食えないと気づいた後、とりあえず大学生になり、世間のことを勉強した。様々な業界を研究した結果、自分がやりたい仕事は商社マンだった。世界中を飛び回って日本のために食糧やエネルギーを買い付けてくるというドラマチックな仕事にロマンを感じた。しかし、就職活動では総合商社からはほぼ門前払いだった。学歴フィルターなんて言葉、当時はなかったが、就職氷河期の折、会社側が大学の偏差値で学生を選んでいることは一目瞭然だった。結局、内定を貰えたのは銀行やメーカーなど、比較的採用が多かった企業だけだった。

高校三年までサッカーに全力だった自分の選択を後悔したことはない。インターハイにも冬の全国高等学校サッカー選手権大会にも縁がなかったが、公立高校の限られた戦力で、推薦で有力選手をかき集めた私立の強豪校にどうやったら勝てるか知恵を絞り、仲間たちと熱く魂を焦がした三年間は今でも健太の誇りだ。毎年正月、帰省したかつてのチームメイトと集まって初蹴りと称した草サッカーをするのは一年で最大の楽しみとなっている。

サッカーに全力投球しすぎて一年間浪人したとはいえ、明治大学だって世間的に見れば立派な大学だ。岐阜大学を出て中学教師をやっていた父も、地元の商業高校卒で専業主婦だった母も、健太の合格が決まったときは大喜びだった。東京に出た健太がいなほ銀行の前身である富士見銀行に内定を貰ったときは、親族総出で祝ってもらった。

「東京の有名大学を出て、東京の銀行で内定貰って、お前は平田家の誇りだ！」

酔った祖父が嬉しそうに話していた姿は今でも鮮明に覚えている。大袈裟だな、と苦笑いしながらも満更でもなかった。

それでも、東京という街に出てしまえば、上には上がいくらでもいた。明治大学も、いなほ銀行も、すごいと言われるのは地元だけで、東京ではせいぜい中の上だ。世間ではエリートの象徴として扱われる年収一千万円も、健太が住むタワマンでは足切りの条件でしかない。東京のタワマンの高層階からは、岐阜の公立高校からは見えなかった景色が広がっている。絶対に届かない頂を目の前にしながら、そこそこの大学を出て、そこそこの会社で働き、三十五年ローンが終わる日を指折り数えながらタワマン低層階で暮らす。この感覚は、地元に残っていれば決して味わうことのなかったものだ。
　充が将来やりたいことが見つかったとき、学校名のせいで諦めることのないような学歴を身につけさせてやりたいというさやかの気持ちは痛いほどわかる。高校二年生になってはじめて進路を考えるような地方の公立高校とは異なり、小学生のうちから塾に通い、一流の私立中高に入ることが有名大学への近道であるというのはどうやら東京では常識らしい。充の通う塾の名前がブリックス（積み木）というのはあまりにも良くできた冗談だ。東京における進路とは、幼少期から積み上げてきた積み木の高さで決まるものであり、子供の地頭だけではなく親の資本力の勝負でもある。歪んでいるとは思うが、社会がそうなっている以上、文句を言ったところで仕方がない。健太は、消極的ではあるが充の受験を応援するようにしていた。

　洗面台の前に陣取ったさやかがイライラした様子で化粧をする中、朝から疲れた顔をしている充の隣でトーストを慌ただしく口に放り込み、七時すぎには家を出る。支店の始業時間は八時四十分ということになっているが、三十分前にはデスクに座るようにしている。電車の遅延があったとしても、早めに動いておけば遅刻は避けられる。それが不可抗力だったとしても、時間ギリギリで行動していたというだけでマイナスがつきかねないのが銀行という組織だ。たとえ家庭内の雰囲気が険悪でも、仕事に遅れる言い訳にはならない。

満員電車の中、痴漢に間違われぬよう両手を上げてスマホで日経電子版を読み、昨日の日本国内のニュースとアメリカのマーケットについてチェックして、支店の机に着いてからはすぐにパソコンを立ち上げてメールの処理をする。あとから営業で外回りに出ることを考えると、事務処理を早めに済ませておきたい。毎日のことだが、時間がいくらあっても足りない。

健太が新人や若手の頃、支店には何をしているんだかわからないオジサンがたくさん生息して、日がなソファに座って雑誌や新聞を隅から隅まで読んでいたものだが、合併やリストラを経て、そういったオジサンたちはどこかに消えてしまった。業務効率化の名の下で人員は減らされ、窓際族という言葉も聞かなくなって久しい。気がつけば健太も四十五歳となり、支店で自分より上の役職は課長と支店長だけになった。若い頃は海外駐在を目指していたが、今となっては現実的ではないし、かといって本社の出世コースからは外れている。俺も運が良ければ上がりポストとしての支店長がゴールになるんだろうか。支店長といっても、昔のように運転手付きの専用車がある訳でもない。給与明細の数字とハンコのサイズが少し大きくなって、出向先の企業のランクが少し良くなるだけのしがない中間管理職だ。今更ながら、自分がもう若くなく、何者にもなれそうにないまま会社員人生が折り返し地点を過ぎているという現実は朝から健太を憂鬱な気分にさせた。

「おはようございます、じゃあ今日もよろしくお願いします」

健太のアンニュイな気分など関係なく、支店長の掛け声で、朝礼が始まった。

「例の事件を受けて、業務フローを見直すことになったので、コンプラ部門から届いたメールを各自確認しておいてください。確認資料は今までFAXでやりとりしてたけど、必ず直接先方を訪問して、ハンコを貰うように。手間が増えて面倒になるかもしれないけど、これ以上やらかすとまたマスコミに叩かれることになるから気をつけてね」

支店長が淡々と話す。不祥事が起こるたびにマニュアルは分厚くなり、支店で働く末端の社員に負担が押し付けられるのも入社以来、見慣れた光景だ。

「そうそう、今日から矢島君が法人融資に行くから、よろしくね。ちょうど配属されて一年経ったし。これまで窓口と営業企画課にいたからみんな知ってると思うけど。えーっと、矢島君、改めて自己紹介よろしく」

支店長に促されると、支店長の隣に立つ、ヒョロヒョロした若者がダルそうに口を開く。

「矢島です、えー、よろしくお願いします」

目の前にいる健太たちの顔を見るでもなく、下のほうに視線を向けながらボソボソと喋る様子から、二年目らしいフレッシュさは欠片も感じることができない。いなほ銀行では通常、支店に配属された総合職の新人はジョブローテーションで窓口や営業の後方部隊である営業企画で経験を積み、一年後にはじめて法人融資の現場に出る。健太はこれまで業務上あまり接することがなかったので直接話すことはなかったが、これは酷い。窓口のオバちゃんや営業企画課の連中から、昨年入った新人の愛想が悪いという噂を小耳に挟んではいたがここまでとは。

「矢島くん、もっとさ、趣味とかないの？　大学はどこだっけ？」

支店長が助け舟を出すが、

「そっすねー、特にないですけど週末はゲームやってます。大学は早稲田の社学っす。これで良いすか？」

相変わらず誰とも目を合わせず、ボソボソ話す矢島。健太はだんだんイライラしてきた。本社の人事部の連中は一体、どんな基準で学生を採用して、どんな教育をしているんだ。窓口のオバちゃんたちも、営業企画の連中も、何をやってたんだ。

健太が新人の頃の研修といえば、人事部に箸の上げ下げまで監視され、挨拶の声が小さいといつまで学生気分なんだと怒鳴られて社会人としての基礎を叩き込まれたものだ。支店に来てからは、相撲部屋のような「かわいがり」を受けた。もうそういう時代でもないといっても、限度があるだろう。

支店長は苦笑いしながら

「まあ緊張してるところもあると思うけど、融資の現場に出てみれば色々変わってくるだろうし。教育係は進藤(しんどう)に任せようと思ってたんだけど、まだ休んでるみたいだから、あいつが復帰するまでみんなで面倒見てやってくれ。平田、お前次長だしよろしくな」

支店長からいきなりバトンを渡された。確かに先週、二年目の面倒を法人融資チームで見てくれと頼まれたが、ここまで丸投げされるとは思っていなかった。もともとちゃんとした育成マニュアルがあるわけでもなく、ＯＪＴの名の下、すべて現場に丸投げだ。

本来、教育係になるはずだった七年目の進藤は先月からちょこちょこ休むようになって、ついに先週から支店に来なくなった。

「すいません、朝に家を出たのですが、電車に乗ろうと思うと吐き気がして手が震えて、足が前に進まなくて……」

こんなメールを送り付けて来る奴がいつ復帰できると思ってるんだ。中間管理職として放り投げられた仕事を巻き取って、担当者の突如の休職で放置された取引先への謝罪行脚で一週間がつぶれたばかりだというのに、さらに使えなそうな、尻に卵の殻のついたひよこの面倒まで押し付けられたときた。

進藤が精神を病んだきっかけは、エース格だった中堅社員の突然の転職だった。かつての都銀といえば商社ほどではないにせよ厚遇で知られ、転職など仕事ができない社員の逃げでしかなかった。しかし、金融システム改革とメガバンクへの再編統合を経て待遇は悪化の一途をたどり、いまや優秀な社員から次々と外の世界へ出るようになって久しい。健太も、かつての同僚たちの転職先の企業の平均年収をネットで検索して、ため息をついたことも一度や二度ではない。

優秀な社員が次々と抜ける中、支店に残っているのは外に出ることができない社員だらけだ。健太が率いる法人融資チームは育休から復帰したばかりの時短勤務中の女子社員や、経験が不十分な若手ばかり。戦力として数えられる中堅社員は少なく、エースの離脱で空いた穴を埋めようと進藤は必死に頑張っていた。そして今、頼みの綱の進藤すらいなくなり、結局、管理職である健太が動かないと仕事が回らない状況になっている。

どうせ、進藤の補充もいつまで経っても来ないんだろう。人が減って、残されたメンバーが必死に穴埋めをするたびに上層部は「なんだ、人数が少なくても仕事は回るんじゃないか」といわんばかりの人材配置を行い、人数が減った状態が常態化するようになる。結果として社員の労働負荷が高まり、そして残ったメンバーが心身を病む。この十年以上、幾度となく繰り返されてきた光景だ。支店長も、数字に追われる本部に何を言っても変わらないことを知っているからこそ、問題を見て見ぬ振りをしている。

「じゃあそういう訳なんで、今月も頑張っていきましょう」

厄介事を健太に押し付けてスッキリした表情で、支店長が朝礼の終了を告げた。周囲の同僚は何事もなかったかのようにそそくさと自分の仕事に戻る。ここにいる誰もが、自分のことで必死なのだ。

「えーと、矢島くんだっけ、とりあえず今日は俺のアポに同行してもらうから、よろしく。覚えてもらうことも多いけど、わからないことは何でも聞いてね」

健太が様々な感情を押し殺して話しかけると、矢島は相変わらず覇気のない顔で健太と視線を合わせようともせず、ボソリと呟いた。

「すいません、ちょっとトイレ行ってもいいですか？　さっきからずっと我慢してて」

＊

矢島の実質的な教育係となって三週間、健太のストレスはピークに達していた。支店において電話を取るのは若手の最重要ミッションで、通常であれば一コール以内に取る必要がある。しかし、矢島は電話が鳴っても微動だにせず、先輩に受話器を取らせても平然としている。業務上の指導もこちらが注意するまでメモを取らない。歓迎会を開いてやっても、

「あ、観たいアニメがあるんで二次会はパスさせてください」

とのたまう始末だ。コンプライアンスにうるさくなった現代、昔の健太のように二次会のカラオケで上司の歌に合わせて手が痛くなるまでタンバリンを叩き、場を盛り上げるためにパンツ一丁で裸踊りをやれとは言わない。それでも、社会人として最低限の人付き合いというものがあるだろうが。

もっとも、事務処理を任せればそこまで使えない訳でもなく、銀行業務検定試験の法務・財務・税務の各二級や証券外務員二種、ＦＰ技能検定一級など、外の世界では一切役に立た

ないが銀行員にとっては必須の各種資格試験はこれまですべて一発でクリアしている。学生時代に留学をしていたとかで、TOEICの点数は900点オーバーと、海外駐在の条件を余裕で超えている。仕事をこなすという点では及第点なものの、やる気がなく何を言っても響かない矢島を前に、健太はどうすれば良いのかわからなかった。

パワハラに対する視線が厳しくなっている今、下手に怒鳴ったりすればこちらの立場が危うくなる。早稲田大学のラグビー部出身だった健太の同期も、後輩への熱血指導がハラスメントだと判定され、昨年、中核店舗の営業から後方支援部隊である事務センターへと飛ばされている。仕事もでき、周囲からの人望も厚い男だったが、被害を訴えた若手社員の親が本社に怒鳴り込み、人事部と法務部に鬱病の診断書つきで被害を訴えたことで、上司もかばいきれなかったという。

昭和生まれの健太には、指導とパワハラの境目がわからない。高校まで体育会の部活だったこともあり、多少の理不尽の下で人は学ぶという意識が未だに残っている。新人として配属された仙台支店時代には、指導役の先輩に毎日のように怒鳴られた。一生懸命作った書類を目の前で破られたことも一度や二度ではない。それでも、取引先の大型投資の噂を聞きつけて融資をまとめたときには良くやったと褒められ、仙台一の繁華街である国分町(こくぶんちょう)のキャバクラに連れて行ってもらった。その先輩は子供が産まれたばかりだというのに、

「融資童貞を捨てた後輩を祝わないような男だったら、俺は自分を許せない」

と訳のわからないことを言いながら、健太がそれまで飲んだこともないような高い酒を奢ってくれた。もちろん嫌なことも数え切れないくらいあったが、それも含めて古き良き時代だった。今振り返ってそう思える程度には、自分の中で消化できていた。

一方、矢島とそうした濃密なコミュニケーションを取れるようになる気が一切しなかった。昨日、あまりにも煮えきらないので本音を探ろうと、支店の社食ではなく外で昼飯を一緒に食おうと強引に蕎麦屋に連れ出したものの、

「平田さん、仕事、楽しいですか？　正直、みんなが何のために働いているのか、未だにわからなくて」

と真面目な顔でのたまう矢島に対して、健太は何も言い返すことができなかった。かつての健太だったら

「寝言は寝てから言え、結果も出してないやつが仕事に意味を求めるなんて十年早い」

と一蹴していたかもしれないが、己の人生に迷いが生じ始めている今、それはできなかった。狙ってか偶然かはわからないが、社会人としての入り口に立ったばかりの若造の本質を突く質問に対し、答えが見つからず、

「何のためなんだろうな、俺も二十年以上働いてるけどわかんないな……」

と返すのが精一杯だった。矢島は面白みのない解答に興味を失ったのか、健太の奢りで注文した千五百円もする天ぷら蕎麦を半分以上残し、スマホをいじっていた。

ストレスの原因は仕事だけではない。家では相変わらずさやかの受験熱が過熱しており、帰宅後にビールを飲みながらソファでゴロゴロしていると

「健太が受験にちゃんと向き合わないから、充も本気になれないんじゃないの」

と理不尽な八つ当たりをされる始末で、最近は家にいるのが苦痛だ。支店にいても何を考えているんだかわからない若手に振り回される上、矢島への対応のせいで仕事は積み重なる一方。心身とも丈夫なことが健太の取り柄だったが、最近では帰宅途中にカフェにふらっと入って、スマホで猫たちがじゃれ合う動画をボーッと眺めている程度には疲れていた。

管理職研修とやらで恵比寿（えびす）にある研修センターに呼び出されたのは、渡りに船だった。数ヶ月前に人事部から連絡が来たとき、わざわざ一日潰して座学を受けるだけなんて時間の無駄だと思っていた健太だったが、最近は研修日を指折り数えて待っていた。俺がいないことで仕事が回らなかろうが、もう知らん。あとは残されたみんなで勝手にやってくれ。心の中で毒づきながら、ウキウキと研修センターに足を運んだ。金曜日だし、翌日のことを気にする必要もない。研修は夕方に終わるはずだから、同期がいれば飲みに行こうか、それとも久々にサウナにでも行って日々の疲れでも取った上で生ビールでもキメようか。考えるだけで足取りが軽くなった。

「あ、平田さん！　良かったー、誰も知ってる人いなくて心細かったんですよー」

研修会場として指定された会議室に入ると、懐かしい声が耳に飛び込んできた。仙台支店時代の後輩である、目黒奈々子が右前方に座っていた。

「同じマンションに住んでるのに案外会わないもんですね、さやかさんとは毎日顔合わせてるんですけど」

奈々子が嬉しそうにまくし立てる。部屋には十人以上が座っていたが、奈々子以外、部屋にいる誰も私語をしようとはしない。お堅い銀行で長年働き、管理職になる年次になる人間として当たり前の嗜み(たしな)だが、奈々子は新人の頃と変わらず、お仕着せの銀行員像など気にしていないようだった。遠慮のないやりとりが懐かしかったが、周囲の目を気にして健太は鼻に指を当てて「静かに」のポーズを取る。ようやく気づいたのか、ペロッと舌を出しておどける奈々子は二十年前と変わらなかった。

奈々子が仙台支店に配属されたのは、健太が銀行員として配属された三年目のことだった。当時、地方の支店にいる女性といえば地元採用の一般職で、女性総合職はほとんどいなかった。総合職の新人として一橋大学卒の女子が配属されると聞いたとき、「面倒くさそうだな」というのが率直な感想で、自分より賢いであろう国立大卒の女なんてまったく興味が湧かなかった。

そんな中、支店に颯爽(さっそう)と現れた奈々子を見たときの衝撃は忘れられない。モデルのような外見と、欧米人のような大袈裟な身振り手振り。都会の香りを漂わせながらも、どこか抜けていて、愛嬌(あいきょう)があった。それまで、支店で働く一般職の中でどの子が一番可愛いかという話を肴(さかな)に飲んでいた支店の若い男たちが色めき立つのも無理はなかった。無論、健太もその一人だ。バーベキュー、ボーリング大会、サッカー観戦。支店の若手を中心に様々な企画を立ち上げては、奈々子を誘った。仕事も覚え、社会人として自由に使える金も増えてきて、根拠のない自信に満ち溢れていた頃だった。

　自惚(うぬぼ)れていたのかもしれないが、健太と奈々子は馬があった。いつしかグループではなく、二人で会うように。スマホもなかった時代、支店では素知らぬ顔で業務上のやり取りをしつつ、毎晩、ガラケーでメールを送りあった。夜の資格勉強の合間、メールの返事がこないとセンター問い合わせを繰り返し、独身寮のワンルームで悶々(もんもん)とした。今から思い出すのも小っ恥ずかしいが、青春をしていた。

　ただ、最後まで奈々子と男女の仲になることはなかった。クリスマスイブの晩、「残業で外食どころじゃないよね」という話の流れから、ドライブに誘った。告白する気満々で仙台の夜景が一望できる青葉城址まで連れて行ったが、夜景鑑賞スポットは同じことを考えているカップルで溢れており、思いを打ち明ける前に気まずい雰囲気になっただけだった。

「平田さんってそろそろ東京に転勤ですよね？　私も平田さんのことは好きだけど、私たち、そういうのじゃないかなー」

　機先を制して茶目っ気たっぷりに笑う奈々子は、出会ってから今まで見た中で一番綺麗で、目にはうっすらと涙が浮かんでいた。女心のわからない健太でも、これ以上押しても無駄だと瞬時に悟った。ピカピカになるまで磨き上げた中古のカローラに乗って無言で山を下り、その後、二人で会うことはなくなった。翌春、健太が先に東京に戻ることが決まったが、「そういうの」が何を指しているかは最後まで聞けずじまいだった。

ロンドンで一年間研修するトレーニーに選抜されたらしい、若手ながらシンガポール駐在に抜擢（ばってき）されたらしい、大型のプロジェクトファイナンスをまとめて頭取賞を取ったらしい――。東京に戻ってから、人づてに活躍を聞く奈々子は文字通り遠い世界の存在だった。仙台支店時代、二人で映画を観に行ったりラーメンを食べに行ったりしたことは遠い過去の話でしかなかった。

健太は健太で、二十代後半は合コンや紹介で何人かと付き合ったものの、しっくり来ず、「仕事が楽しいし」と決断を先送りにしてきた。三十歳になって周囲から独身の友達が減り慌て始めた時期、若手社員のフットサル大会の応援に来ていたさやかと出会い、なんとなく付き合ってなんとなく結婚し、なんとなく新たな生活を立ち上げた。携帯メールのやり取りに一喜一憂するような胸を焦がす恋をしなくても、一生をともにするという決断ができる。結婚適齢期の独身の男女というのは、そういうものらしい。

奈々子の名前を聞くたびに懐かしく、胸の奥の古い傷痕が少し疼（うず）く感覚はあったが、それだけだった。数年前、奈々子が同じローゼスタワーに住んでいると知ったときも、奈々子が異動でさやかと同じ部署で働くようになったと聞いたときも、特に思うところはなかった。もう四十五歳、実らなかった昔の恋に執着するような年齢でもない。

「平田さん、研修終わったら晩ご飯行きましょ！」

外部から派遣された講師がアンガーマネジメントとやらについて講義しているのをあくびを噛み殺しながら聞いている最中、スマホが鳴った。もう何年も使っていなかった携帯メール。斜め前に座る奈々子が笑いながら目配せする。支店時代を思い出して懐かしいが、既婚の男女が二人で飯に行くことが、周囲にどう見られるか気にしてないんだろうか。そんなところも含めて、妙に懐かしかった。

「何年ぶりですかね、すっごい久しぶりですね」

肉食べましょう、肉。という奈々子の勢いに押されるまま、気がつけば広尾の焼肉屋にいた。小気味良いリズムのジャズが流れる中、間接照明の下、七輪の中で炭火の炎が揺らめく。厚切りのタンの上ではみじん切りにされたネギが煌(きら)めき、サシが入ったカルビの表面には脂が浮いていた。ついこないだ夏のボーナスが入ったばかりとはいえ、こんな豪華な飯は久々だ。住宅ローンと教育費に追われる四十代より、月収二十万円程度の平社員の頃のほうが外食に金を使うことができるなんて、当時は想像もしていなかった。

「さやかさんともよくランチ行くんですけど、なかなか夜は誘いづらくて。お子さんいると大変そうですよね」

財布の中身に思いを馳せている健太の様子を気にする様子もなく、奈々子は旨そうに喉を鳴らしてビールを飲み干す。仙台支店の頃から、豪快に食べ、豪快に飲む子だった。四十代になっても、その様子は変わらない。焼き肉の脂が胃にもたれるのは、男だけなんだろうか。

「そっちは仕事どうなの、グローバルって忙しいんじゃないの？」

「うーん、どうだろ。繁閑あるけど、今は割と暇ですかね。むしろ今はビザの準備が忙しくて。ここだけの話、まだ内々示の段階なんですけど、秋の人事でニューヨーク行くんですよ、私」

さやかと同じ部署だとはいえ、奈々子がどんな仕事をしているのかは聞いたことがない。なんとなく近況を聞いたつもりだったが、想像もしていなかった答えに衝撃を受けた。

スタバのカップを片手にマンハッタンを闊歩（かっぽ）する奈々子の姿が瞬時に脳裏に浮かぶ。かつて、密かに憧れていたニューヨーク駐在。とっくの昔に海外勤務の夢は捨てたつもりだったが、そのポジションに仲の良かった後輩が座るという事実は思っていた以上に響いた。若い頃、支店のオジサンたちが他人の人事に一喜一憂しているのを笑っていたが、気がつけば同じ立場になっていた。

「ニューヨークだと遠いね、家族はどうするの？」

平静を保ちながら尋ねる。身軽な若手社員ならいざ知らず、家族持ちの海外転勤となれば色々と大変そうだ。ましてや女性。ローゼスタワーのロビーで夫と一緒に歩く姿を見たこともあるが、どうするんだろうか。

「うーん、今それで揉めてるんですよねー。旦那に仕事休んでついてきてよって頼んだんですけど、断られちゃいまして。もしかしたら離婚するかもしんないです」

お代わりのハイボールを飲みながら奈々子が返す。あまりにもあっさりと、明日の天気について話すように。

「女性活躍だのなんだの言っても、やっぱり女がバリバリ働くっていうのは難しいんですかねー」

健太に話しかけているのか、それとも独り言か。網の上のカルビを食べ尽くし、ハラミを裏返しながら喋る奈々子は少し酔っているのか、顔は赤みがかっていた。

「ままならないですねー、人生。平田さんも、さやかさんも、私は羨ましいですよ。仕事も子供も、全部持ってて」

これも意外だった。健太の知っている奈々子は、他人に何と言われようと、自分の歩む道を自分で決めて進むようなタイプだった。海外トレーニーも、駐在も、すべて自ら望んで手に入れたキャリアだと聞いていた。子供がいないというのも、様々な選択肢をテーブルの上に並べた上で、そういう選択をしたものだと勝手に思い込んでいた。

「若いときは純粋に仕事が楽しかったし、海外も行きたかったんでね。ちょうどシンガポール駐在の話があったときに三十歳で。良い感じの人がいたんですけど、相手が子供欲しいって言ってて、そこで別れちゃったんですよね。日本に戻ってきたときにはもう三十四歳ですよ。昔は子供もキャリアも両立させる！　とか思ってたはずなんですけど」

グラスの中にはもうほとんどハイボールは残っていない。高く積まれた氷をマドラーでかき回しながら、奈々子は恥ずかしそうに笑う。会社からの期待を背負い、誰もが羨むような華麗なキャリアを歩み、日本と海外を飛び回るバリキャリの女性。二十年かけて作り上げたものが、酔ったはずみの愚痴で崩れるような脆（もろ）い虚像だったとは。

「今の旦那は元々子供いらないって人だったんで楽っちゃ楽だったんですけど、流されるままにズルズル来ちゃいまして。笑っちゃいますよね、実はこっそり卵子凍結とかしてたんですよ、これでも」

ちっとも笑えない問いかけにどう答えるのが正解なのか逡巡しているうちに、健太のグラスも空になっていた。網の上では、ハラミがほどよく焼けていた。

「あのとき、平田さんと付き合ってたら、また違った人生があったんですかねー。って、私が大人しく専業主婦とかできる気がしないですけど。平田さん、家事とかしなそうだし」

冗談めかしてカラカラ笑う奈々子は、いつもの調子に戻っていた。あ、二人とも飲み物ないですね。すいませーん、あと肉も全部焼けちゃいましたね。次はホルモンいきましょう、ホルモン。平田さん、まだいけますよね？

昔と変わらぬ、軽快な調子に戻った奈々子の声を健太はボンヤリと聞いていた。仙台時代、目の前の女性に恋心を抱いていたものの、そこまで真剣に人生を考えたことはなかった。恋人、キャリア、海外駐在、子供――岐路に立つたび、様々なものを天秤にかけて、その都度選んできたであろう奈々子の軌跡を思う。対する自分は、人生に真剣に向き合ってきただろうか。男だから、総合職だからと自分の立場を言い訳に、ずっとフラフラと流され続けてきた。クリスマスイブの夜、白い息を吐きながら眺めた仙台の夜景。あのとき、奈々子は何を考えていたのだろうか。そもそも、見ている景色が違ったのだ。

その後は他愛もない会話をしながら肉を食べて飲んで、会計は三万円を軽く超えていた。昔はデートのたびに格好つけて全額奢っていた気がするが、この場合、どうすれば良いのか。健太が脳をフル回転させていると

「ここは割り勘にしましょう、さやかさんに怒られちゃいそうだし」

と奈々子が伝票をひょいと手にとった。格好悪いが、正直助かった。そんなことを考えてしまう自分が、どこまでもダサかった。

「私はちょっと近所のバーで飲み直すんで、今日はここで解散にしましょう。また仙台のメンバーで今度集まりたいですね」

店を出て早々に、奈々子がこう切り出す。若い頃も、奈々子のペースで進んでいるように見えて、実は健太が気を遣われていたんだと今ならわかる。

ビール、ハイボール、焼酎と酒を変えたからか、けっこう酔った。酔いざましも兼ねて、広尾駅までゆっくり歩く。夜といえども、七月の東京は蒸し暑い。夜の港区の喧騒を尻目に、ふわふわとした頭でフラフラと歩く。人生なんて大それたこと、酔ってないと考えられない。今、自分がどんな表情をして歩いているのか、そんなこともわからなかった。健太は自分の姿を映す飲食店のガラスから目を逸らし、喧騒の中、一歩ずつ踏みしめていった。夜の広尾には、かつての健太のように、将来のことなど何も考えてないであろう様子で楽しそうに酒に酔っている若者がいくらでもいた。

＊

「夏休みだしどっか旅行に行きたい！」

充がこう主張したのは、七月下旬のことだった。中学受験を半年後に控えた六年生の夏休み。今年はブリックスの夏期講習もあるし、旅行どころじゃないとさやかから聞いていたので何も計画していなかったが、これに充が猛反発した。

「毎日朝から自習して、六時間も授業受けて、こんな勉強ばっかの生活じゃ干からびちゃう！　潤いが欲しい！」

どこで覚えてきたのか、丸の内のＯＬみたいな口調に思わず吹き出しそうになったが、本人はいたって真剣だ。一方、隣のさやかは渋い顔をしている。算数、国語、理科、社会。中学受験で課せられた四教科の負担は重く、「弱点を潰していこうと思ったらいくら時間があっても足りない」と昨夜もこぼしていた。

壊滅的な出来だった六月の月例テストの結果を受けて反省したのか、さやかのスパルタ教育が実ったのか、充の足元の成績は盛り返してそこそこのようだった。ギリギリとはいえ、難関校を目指す上位クラスであるエスに残っているのがその証だ。しかし、受験生の親が集まるネットの匿名掲示板を連日熟読しているさやかに言わせると、受験は気を抜いた瞬間におしまいだという。「勝負の夏、休んでいる暇はない」と主張するさやかと、「本人のモチベーションも大事だし二、三日の息抜きは構わないんじゃないか」という健太。夫婦の議論は平行線をたどったままだった。

決着がつかない議論に終止符を打ったのは、充の行動力だった。

「隆君がお盆にキャンプに行くから、一緒に行こうって！　隆君のパパが天体について教えてくれるんだって、理科の勉強にもなるし良いでしょ？」

ブリックスでの授業を終え、息を弾ませながら帰ってくるなりこう叫ぶ充。親友であり、学年一番の秀才である隆君の名前にさやかが弱いことを充は知り尽くしていた。

「充君が一緒にキャンプ行きたいって聞きまして。せっかくだし、伊地知さんも誘って三家族で行きましょうか？」

隆君の母親である綾子からさやかに連絡が来た時点で、勝負はあった。後で聞いたところによると、充は計画実現に向け、親に相談する前に綾子をはじめ関係者への根回しを終えていたらしい。我が息子ながら、稟議の肝は根回しというサラリーマンの基礎動作をどこで学んだのだろうか。

さやかが陥落してからは早かった。キャンプ道具も車も持っていないから、通販でテントやタープ、寝袋など道具一式を注文し、ハイシーズンで予約が埋まりかけていたレンタカーを慌てて手配した。総額二十万円を余裕で超える出費に目眩がしたが、無邪気にはしゃぐ充の顔を見ると、まあ良いかとも思う。それに、教育費用に比べたら些細なものだ。

キャンプ道具が入った巨大な段ボールが狭いリビングのスペースを埋めるたびにぶつくさ文句を言っていたさやかも、キャンプというニンジンをぶら下げられた充が夏期講習に真面目に取り組む姿を見て、何も言わなくなった。

キャンプ当日の朝は、渋滞を避けるために朝四時半起きだった。さやかが寝ぼけ眼で化粧をしている間、健太は荷物を運ぶ係だ。充はキャンプが楽しみすぎて昨夜なかなか寝付けなかったからか、いびきをかいて寝ている。

台車に荷物を乗せてローゼスタワーの一階に下ろし、昨夜から近所のコインパーキングに駐めていたフィットを入り口脇の道路に駐めて荷物を積み込んでいると、フィットの何倍もあろうかという巨大な車が後ろに停まった。

「おはようございます。いやー、早いですね」

メルセデス・ベンツのGクラスから降りてきたのは、隆君のパパこと高杉徹だった。以前、さやかや充からタワマン最上階のセレブな生活の一端を聞いていたが、ハリウッドスターが乗っているようないかつい自動車を見て、改めて納得した。うちも安いからとコンパクトカーではなく、せめてSUVくらい借りておいたほうが良かったか。

冷静に考えると、これまで徹とは運動会やローゼスタワーの理事会などで挨拶したことはあるが、ちゃんと話をしたことはない。PTAがある母親に比べ、父親同士の繋がりは希薄だ。

「充がいつもお世話になっております、今回も急にお邪魔する形になってすみません」

営業モードで健太が頭を下げると、徹は笑いながら手を振った。

「いえいえ、こちらこそ感謝してます。隆が友達誘ってキャンプに行きたいなんて言うの、はじめてで」

徹が深々とお辞儀をする。ふっくらした体型に丸メガネ。薄いピンク色のラルフローレンのポロシャツはお腹が出ていて、口調も含めて全身からいかにも良い人らしい雰囲気を漂わせている。

「隆は僕に似たのか内気で、なかなか友達ができなくて。充君みたいな活発な子に引っ張ってもらうようになって、だいぶ明るくなったんですよ。学校でも塾でも一緒にいるみたいで、家でもいつも充君の話をしてますよ」

家では常に甘えたり文句を言ったりしている充とは別人のような人物像で、思わず別の子と勘違いしているのではないかと聞き返しそうになった。考えてみれば、一人っ子の充が親以外の人間とどのように接しているのか、外でどんな世界を構築しているのか、健太は知らない。

徹と雑談していると、もう一台の自動車が道路に停まった。エアロパーツやアルミホイールなどヤンチャな感じにカスタムされたトヨタのミニバン、ヴォクシーから出てきたのは、スポーティーなTシャツを身にまとった男だった。タワマンの地権者住戸に住み、近所で飲食店を営む伊地知翔だ。ジムに通って鍛えているのか、Tシャツの上からでも大胸筋と広背筋の盛り上がりがわかる。もみあげを綺麗に刈り上げたツーブロックに緩いパーマをあてて、いかにも若々しい。

「お二人とも早いっすねー。健太さん、何時起きっすか？　昨日、早めに店閉めたんすけど、全然眠いっす」

翔の妻の理恵とさやかの仲が良いこともあり、伊地知家と平田家は家族ぐるみの付き合いをしている。充の誕生日など、平田家がちょっと気合いを入れて外食するときに翔の店を使うこともあり、すっかり顔なじみだ。年下ということもあるが、翔は部活の先輩に話しかけるノリで健太に接してくる。大学でも会社でも、東京に出てからできた友人はほとんどがサラリーマンなので、翔と話していると地元に戻ってきたようで楽だ。

「皆さんがキャンプ好きとは知らなかったっすよ。今回、メッチャ気合い入れて食材仕入れてきたんで、楽しみにしててください！」

肩にかけた青いクーラーボックスをドンと叩き、翔が笑う。相変わらず、部活の後輩感が強い。

「それにしても今回、マジでありがとうございます、琉晴も最近友達がみんな塾に行って遊び相手がいないっつって寂しそうだったんで、メッチャ楽しみにしてたんすよ」

伊地知家次男の琉晴君は保育園時代から充の親友だったが、最近はあまり充から名前を聞かなくなっていた。代わりに存在感を増しているのが隆君だ。六年生になり、放課後のほとんどを塾で過ごすようになったことが、子供の交友関係にも影響を及ぼしているのだろうか。

三人で世間話をしていると、それぞれの家族も続々と降りてきた。寝ぼけ眼の充だったが、隆と琉晴の顔を見た瞬間にパアッと目を輝かせ、男子三人でキャッキャとはしゃいでいた。隆の妹の玲奈ちゃんはまだ半分寝ているのか、綾子に手を引かれてぽやっとしている。母親三人は伊地知家の長男の蒼樹君が部活があるからとキャンプに参加せず留守番することについて盛り上がっている。中学生になると、もうそんなことができるのか。充も来年から中学生。こうやって家族で旅行に行く機会も、実はもう多くないのかもしれない。

高杉家のＧクラスを先頭に、三台の自動車は首都高から外環道、そして関越道へと進んでいく。早朝ということもあり、渋滞もなくスムーズだ。

「川魚釣って、カブトムシ捕まえて、バーベキューして、焚き火やって、焼きマシュマロやって、星空鑑賞やって、えーっと、あと何するんだっけ」

両指を使って後部座席で一生懸命タスクを洗い出している充の様子を見て、思わず吹き出しそうになる。こうしていると、自分の小学六年生の頃と変わらない。一方、さやかは
「高杉さんちの車、すごくない？　いくらするんだろうね。あ、一千万円超えるって！」

とスマホで自動車の価格を検索しては盛り上がっていた。仕事からも受験勉強からも解放される機会自体、随分と久々な気がする。カーステレオから流れるのは、かつてデートのときに聴いていたミスチル。中学受験がなければ、こうして家族で自動車に乗って遠出するような、普通の夏休みもあったんだろうか。今となっては何が普通なのかもわからないが。

サービスエリアで一服し、目的地である群馬県の山間部にあるキャンプ場まではあっという間だった。タワマンをはじめ高層ビルが建ち並ぶ都内から自動車で一時間も走れば埼玉の田園風景が広がり、そして二時間半で群馬県の自然あふれる山林にたどり着く。都内、郊外、地方。関東平野の広さと多様性は、自ら動かないとなかなか見えない。

「妻の実家がここの近くで、隆が小さい頃はこのあたりにもよく遊びに来てたんですよ」

Ｇクラスから荷物を運び出しながら、徹が話す。ブランド品に身を包み、一挙手一投足が洗練されている綾子はてっきり都内出身だとばかり思っていたので、意外だった。地方の名家のお嬢様だったんだろうか。なお、東京のタワマン高層階で育った正真正銘のお嬢様である玲奈は「また蚊がいる、もう嫌だ、帰りたい」と騒いでいた。

大自然を前に、小学生男子がじっとしている訳がない。男子三人は荷物運びもそこそこに、探検ごっこを始めた。

「遊んでも良いけど、川は子供だけで入るなよー！」

翔が叫ぶ。家族でしょっちゅうキャンプに行っているんだろう、何もかもが手慣れている。伊地知家のテントの設営も、あっという間に完了した。女性陣は早くも伊地知家のテントに併設されたタープの下に折りたたみチェアを広げ、くつろいでいる。玲奈はお兄ちゃんたちに除け者にされたことに拗ねて、一人でタブレットを使い漫画を読んでいる。

一方、徹と健太はテントを張ることすらままならない。

「あれ、説明書にはこれで良いって書いてあるんだけどなあ」

徹が困り果てていると、

「え、このテント使うの初めてなんすか？　こんな海外製のでっかいテント、はじめて触るから全然わかんないっすわ」

と頼みの綱の翔も苦戦している。翔が高杉家のテントにかかりっきりになったことで、健太は一人でテントの骨組みと格闘していた。ネット通販で買ったはいいものの、使ったことがないのでまったくわからない。悪戦苦闘の末、ようやくテントを張り終わった頃には軽く一時間は経過していた。隣の高杉家のピラミッドのような巨大テントもようやく完成していたが、徹はまったく役に立たず、ほとんど翔の獅子奮迅の活躍によるものだった。

「もうパパたち遅い！」

「不器用すぎるでしょ」

一通り周囲を探検し尽くしたのか、子供たちは呆れた顔でテントの設営風景を眺めていた。

一休みした後、汚名返上とばかりにバーベキューの準備に取り掛かった健太と徹だったが、ここでも主役は翔だった。

「店でまとめて注文しておいたから、ジャンジャン焼いていきましょう！」

クーラーボックスからは和牛の塊や地鶏、殻付きのホタテ、海老などが次々と姿を現す。子供はもちろん、女性陣からも歓声が上がる。

「すごーい！　和牛なんて最後に食べたのいつだか覚えてないよ！」

さやかが一際大きな声で感嘆した後、周囲の視線に気づいて顔を真っ赤にしていた。確かに我が家で食べるのは安い輸入牛ばかりだが、恥ずかしいからやめて欲しい。

翔が豪華食材を焼きやすいように串打ちしたり下味をつけたりしている間、健太の仕事は炭の火起こしだった。新聞紙に火をつけ、炭に重ねてうちわで扇ぐ。たったこれだけの作業のはずなのに、いくら頑張っても炭に火がつく気配すらなく、顔をススで真っ黒にしただけだった。

「炭が悪いのかな」

「湿気(しけ)ってるのかもしれないですね」

途中から応援に来た徹と二人、炭のせいにしていたが、料理の準備を終えた翔が少し手を加えただけであっという間に炎が燃え盛り、父親としての面目はますます丸つぶれとなるだけだった。

健太が小さい頃に連れて行ってもらったキャンプで、父親がテントの設営や火起こしに苦戦していた記憶はない。これも父親としての経験値の差だろうか。思えば、健太が子供の頃は夏のたびに近所のキャンプ場に行っていた。大自然の中で頬張る食事も、虫の鳴き声をバックミュージックに眺める満天の星も、いつまで経っても色褪せない思い出だ。

仕事や受験を言い訳にして、自分は息子に同じような体験をさせてやれなかったのかもしれない。目の前で友人たちと嬉しそうに海鮮バーベキューを頬張る充を見て、喜びと罪悪感が入り混じった気持ちになった。隣に座っている徹も、子供たちがはしゃぐ様子をじっと見つめていた。

「隆はいつも家にいても本を読んでばかりで心配していたんですけど、こうして見ると、まだ小学六年生なんですね」

徹がぽつりと呟く。学年一の秀才というから、頭でっかちなもやしっ子を想像していたが、おしゃべりに気を取られて服を汚して母親に怒られる、どこにでもいそうな普通の小学生男児だった。それは充も一緒だ。琉晴と三人、このあたりにカブトムシがいるかいないかで盛り上がる様子は健太の小学生の頃と何も変わらない。子供たちを子供のままにさせてやれないのは、東京という街の環境のせいであり、それを用意した我々大人のせいだ。この子たちが半年後には偏差値という指標で選別され、別々の進路に進むとはとても信じられなかった。

贅沢(ぜいたく)なバーベキューを堪能した後、琉晴が「キャッチボールしようぜ！」と野球少年らしく二人を誘っていた。ほのぼのした光景に目を細めていた健太だったが、キャッチボールの形になっていたのは琉晴だけで、充も隆もまともにボールを取れず、投げ方も腕が縮こまった、健太の世代であれば「女子投げ」と呼ばれて馬鹿にされるようなものだった。子供の頃からサッカー派だった健太ですら、さすがに小学生男児の嗜みとしてキャッチボールくらいはできた。野球離れが進んでいるとはいえ、我が子の運動神経の悪さにギョッとする。勉強やゲームばかりで、ちゃんと身体を使って遊んでこなかったツケだろうか。

「パワプロなら多分負けないし！」

と捨て台詞(ぜりふ)を吐き、キャッチボールから離脱した充は隆や玲奈とともに、バーベキューの残り火を使って焼きマシュマロを作っていた。

ブーブー文句を言っていた琉晴だったが、そのうち翔が相手となり、親子でキャッチボールを始めた。健太はなんとなく、ビール片手に折りたたみ椅子に座って二人のやりとりを眺めていた。

　野球の世界はよくわからないが、柔らかいグラブさばきといい、投げるときの身体の使い方といい、翔はかなり本格的に野球をやっていたのだろう。競技は違えども、過去にサッカーに本気で取り組んでいた健太にはなんとなくわかる。琉晴の投げ方が雑になると、身振り手振りで投げ方を教えていた。

「そうそう、肘が下がるとコントロール定まらないから、そこ意識しな」

投げるボールが良くなったからか、父親に褒められたからか、琉晴が嬉しそうな顔をしていた。健太も充が産まれたとき、こうしてサッカーを教えるのが夢だった。ところが充が小さかった頃は単身赴任もあり、育ってからも仕事に追われてサッカーどころではなく、気づいた頃には充はサッカーよりも塾やゲームを優先するようになっていた。

　小五の頃、塾と重なるからとサッカースクールを辞めると決めたときも、充にはまったく未練はないようで、健太は拍子抜けした。さやかの顔色を窺っているからだとかそういうのではなく、充にとって、サッカーは単に習い事の一つでしかなかったようだ。小学生の頃、日が暮れてボールが見えなくなるまで毎日グラウンドを駆け回っていた健太からすると信じられなかった。環境も時代も違うといえばそれまでだが、一つのことに情熱を燃やした経験がない充を見ると、今でも寂しさを覚える。こうして親子でキャッチボールをしている伊地知家が羨ましく、眩しい。

「翔君は野球、本格的にやってたんだっけ？」

キャッチボールを切り上げ、クーラーボックスからビール缶を取り出す翔に尋ねる。

「本格的っつっても甲子園行ってないすけどね。東東京大会ベスト4なんで公立高にしては頑張ったほうだと思うんすけど、高三の夏の大会の時点で肩も肘もボロボロだったし、大学とか社会人行って続けるほどじゃないかなって。親の店のこともあったし」

翔が肩を回しながら答える。野球とサッカーの違いはあれど、高校までは健太と似たような境遇だったようだ。健太も高三で部活を引退後、浪人してまで東京に出なければ、今頃地元で子供と一緒にサッカーをやっていた別の未来があったのかもしれない。その場合、さやかと出会うことも充が生まれることもないのだが。

「平田さんはサッカーでしたっけ？　二人ともスポーツマンって感じで良いですね、僕は学生時代、まったくそういうのがなかったんで羨ましいですよ」

のんびりした様子で、徹が会話に割って入る。高杉家は代々医者の家系だと聞いているが、高校時代は部活どころではなかったのだろうか。冷静に考えると、名門中高一貫校から国立大の医学部に行くようなキャリアを歩む生粋のエリートには人生で関わったことがない。まったく違う人生を歩んできた三人が、それぞれ同じマンションに住み、同じ小学校に子供を通わせて一緒に山奥でキャンプをしていると思うと、人生とはわからないものだ。

カブトムシ探し、川釣り、スイカ割り、カレー作り、焚き火。四十二日間ある夏休みの予定を一日に凝縮したような強行スケジュールを子供たちは目を輝かせながら駆け抜け、気がつけば健太も一緒になって楽しんでいた。全力で遊ぶなんて、いつぶりだろうか。こういう時間を過ごすために家族があるということすら、常に何かに追われる東京の生活で忘れていた。


夜、最年少の玲奈が疲れ果てて力尽きテントで横になった後、焚き火を囲みながら徹の天体観測講座が始まった。満天の星の下、Gクラスから出てきた、バズーカのような天体望遠鏡に子供たちは大興奮だった。

「ベガとアルタイル、デネブを結んでできるのが夏の大三角形、長い首を突っ込んでいるのがはくちょう座。わかる?」

星座についてイキイキと説明する徹の熱量と知識は強烈で、途中から子供を置き去りにして、二重星であるアルビレオが地球から三百八十光年離れていて、星の表面温度の差が色の違いを生み出しているということを熱く語っていた。

「すみませんね、うちの人、天体オタクだから。私には何が楽しいのかさっぱりわからないんですけど」

綾子が呆れたような表情で語る。根が体育会系の健太や翔と比べ、文化系の徹は普段は落ち着いた雰囲気だが、心から天体観測が好きなんだろう、星の話になると止まらないようだった。理科系の知識だけでなく、星座にまつわる物語や、歴史上で星たちがどのように扱われてきたかなど豆知識も交えた解説は興味深く、ずっと聞いていたいくらいだった。

もっとも、精神が成熟していない子供たちにとっては長く、難しすぎたのだろう。隆は別として、充と琉晴は途中から焚き火の中に木屑を投げて燃やす遊びで盛り上がっていた。

「あ、流れ星！」

火遊びに飽きたのか、空を見上げていた充が大声を出す。

「今はお盆の時期だから、ペルセウス座流星群が見られるんだよ。十時頃から極大だから、これから量が増えるよ」

子供たちに宇宙について教える徹は医者というか、学校の理科の先生のようだった。健太は高杉家が持ってきた、普段は飲めないような高級ウィスキーで酔ったこともあり、子供たちと同じようにレジャーシートに仰向けに転がり、空を眺めた。視界一面に広がる大空には無数の星が瞬いていた。

「身長が伸びますように身長が伸びますように身長が、あ、舌かんだ！」

「こんな短い時間に三回願い事言うとか無理ゲーじゃない？」

「無理に口に出さなくても良いんじゃない？」

子供たちがはしゃぐ様子は微笑ましく、新鮮な山の空気も満天の星もすべてが最高だった。綾子と理恵と三人で盛り上がるさやかも、いつもの勉強を見ているときとは違い、憑き物が落ちたかのようだ。ずっとこんな時間が続けば良いのに。決して叶わぬ願いを胸に、健太は満天の星の中から次の流れ星を探していた。

＊

『一年五ヶ月勤めたいなほ銀行を辞め、ＴＡＩＫＥＮにＪｏｉｎします！』

このたび、一年五ヶ月勤めたいなほ銀行を辞めて、スタートアップ企業のＴＡＩＫＥＮにＪｏｉｎすることに決めました。

日本を代表するメガバンクを辞めるなんて勿体ないと周囲には言われましたが、この環境では成長できないと確信しています。早稲田大学を卒業し、安定した大企業から設立間もないスタートアップへ。この選択が吉と出るか凶と出るか今の僕にはわかりませんが、新たな挑戦に対する興奮を抑えることができません。

いなほ銀行では入社後、三ヶ月にわたって研修漬けの毎日。尾久支店に配属されてからは窓口業務から営業企画、法人融資と順調にステップアップしてきましたが、予定調和な仕事ばかりで、焦燥感ばかりが募りました。大企業病にかかった職場で貴重な二十代を浪費することが我慢できませんでした。

もちろん、いなほ銀行には感謝しています。人事部の皆さんも、支店の先輩方も、みんな良い人でした。それでも、年功序列の中、いつまで経っても入社年次と学歴という背番号を背負って、絶対潰れないぬるま湯の中で毎月の給料日のために我慢をして日々を過ごしている人たちを見て、正直、こんな風になりたくないなと思いました。

生意気かもしれないなと思いながら、支店でお世話になった先輩に、何のために働いているのか、聞いたことがあります。そのとき返ってきた答えは「俺も二十年以上働いてるけどわかんないな」でした。そのときの先輩の死んだ魚のような目を見て、これ以上ここにいると僕もこうなるのかと思ってゾッとしてしまいました。

人生に対して悩んでいるとき、たまたま大学のサークルの先輩が立ち上げたTAIKENについて話を伺う機会がありました。世の中の様々なユーザーエクスペリエンスをシェアして、森羅万象、あらゆる価値観をフラットにしていくというサブスクのビジネスモデル。話を聞いた瞬間、鳥肌が立ちました。

一度きりの人生、後悔したくない。自分の気持ちに気づいた以上、もういなほ銀行に残るという選択肢は残っていませんでした。TAIKENを圧倒的に成長させ、世界に広げていくことが僕のミッションだと今では確信しています。短い期間でしたが、いなほ銀行で得た金融スキルを活かすことで、恩返ししていきたいと思います。

新たな価値を創造するスタートアップが元気にならないと、日本経済の復興はあり得ません。ヌルい日本を、僕らが熱くします。日本からアップルやグーグルを超える企業を作る、その意気込みで走り出します！　普段は芝浦のオフィスのあたりにいるので、皆さん気軽にランチに誘ってください！

矢島亮太（りょうた）

九月中旬。月曜日の朝、支店に到着すると法人融資チームの座席のあたりがザワザワしていた。

「平田さん、矢島のやつ、会社辞めたって……」

若手社員がおずおずとスマホを見せる。そこには、深夜に自己陶酔が極まった状態で書いたとしか思えない独りよがりな文章が並んでいた。チームの若手社員曰く、大企業から新興企業に転職する若者の間で流行(はや)っている、退職エントリーというものらしい。大企業の社員という地位を捨て、リスクを負って挑戦することを大仰に書くことでいかに自分が優秀な人材であるかを世間にアピールする効果があるのだという。

はじめて見たが、こいつらは自己顕示欲と引き換えに、大事な何かを失っていることに気がつかないんだろうか。いつの時代も、若者の間で流行するものを中年が理解するのは難しい。

ベンチャーだかスタートアップだか知らんが、古巣に対して感謝をしていると言いつつ後ろ足で砂をかけることに対して、最近の若者は何の疑問も抱かないんだろうか。矢島の奴、窓口業務も営業企画も法人融資もほんの少し触っただけなのに、何を一丁前にわかった風に語っているんだ。そもそも、退職するという重要なことについて、同僚に対する挨拶のメールも送らないというのはどういう了見だ。何より、矢島は日本経済の将来を憂うような熱い奴だったのだろうか。約二ヶ月間見てきたが、無気力という言葉を体現したかのような最近の若者でしかなかったが。何から何まで理解不能だった。

「平田君、ちょっといい？」

支店長が渋い顔をして呼んでいる。

「聞いてると思うけど、矢島君、会社辞めるって。昨日、退職代行とかいうサービスやってる会社から電話があって。辞めるにしても手続きとかあるから本人が支店に一旦顔出せって言ったんだけど、すべて我々が一任されているの一点張りで、聞く耳持たなくて。このままだと人事部マターになって面倒なことになるから、悪いんだけど一旦、話聞いてきてくれない？　ほら、平田君、結構矢島君の面倒見てたでしょ」

支店長のうんざりした表情を見るまでもなく、全力で面倒事を押し付けにきているとわかる。本人に代わって退職手続きを代行してくれるサービスがあると小耳に挟んだことがあるが、まさか自分の会社にそんなものを使うモンスター社員が入ってくるとは思ってもいなかった。

スマホでいくらでも情報が入ってくる昨今、若手社員がすぐ辞めるのは珍しくない。しかし、会社名や支店名をSNSを使って全世界に向けて公開した上で、手続きを経ずにいなくなったとなれば大問題だ。こちらの管理者責任を問われる前に、全力でもみ消す必要がある。そもそもバイトじゃあるまいし、電話一本で仕事を辞められると思っているのだろうか。健太の今日の予定は矢島を捕まえることに決まった。

「矢島君、週末には社宅から出るって言って荷物運びだしてました」

矢島の同期の、もう一人の二年目社員がおずおずと話す。こちらは矢島と違って突然辞めることもなく、業務中の態度も問題があると聞いたことはない。よりにもよって、なんで俺の下につくのがこいつじゃなくて矢島なんだよ……やり場のない怒りがこみ上げる。

住所がわからない以上、とりあえず矢島の転職先をあたってみるしかない。検索すると、ホームページがヒットした。

「コト消費（TAIKEN）を通じて、これからの日本を熱くします！」

真っ黒なTシャツを着てあご髭を蓄えた若い青年が腕を組んで、パソコンの画面越しにこちらを見つめていた。

「モノが飽和した時代、Z世代を読み解くキーになるのはエクスペリエンス（TAIKEN）です。我々はTAIKENを通じサービス事業者とカスタマーをマッチングし、新たな価値を生み出します」

矢島の退職エントリーもそうだが、事業概要を読んでもそれっぽいカタカナが意味ありげに踊っているだけで、どんなサービスを提供しているのかサッパリわからない。ホームページを隅から隅まで読んで理解できたことは、トップ画面で腕を組んでいた若者が代表取締役ということ、芝浦の築古マンションの一室を本社としていること、そして電話番号を載せていないということだけだった。創業間もない企業ということもあり、信用調査会社である帝国データバンクでも東京商工リサーチでもヒットしない。いなほ銀行の融資担当者として、仮にこの企業に融資を頼まれても、門前払いするということだけはハッキリしている。一応、会社代表のメールアドレスにメールを送っておいたが、期待薄だろう。気が乗らないが、会社に乗り込むほか仕方ない。

　平日午前の山手線は、朝や夕方のラッシュ時とは違った顔を見せる。連れ立ってペチャクチャ話している中年女性たち、一心不乱にスポーツ紙の競馬欄を読み込んでいる高齢者、黙々とスマホでゲームに興じる若者。生産性の欠片もない空間だが、会社から失踪した新人を追っている自分も人のことを言えた義理ではないだろう。脱毛や美容整形など、横並びの消費を強制するような電車広告に嫌気がさし、ボンヤリと車窓を眺めていた。

　目的地である田町（たまち）に着く。慶應大学の学生だろうか、数名の若者が降車する。彼らがここにたどり着くまでに、親御さんたちは塾に中高に予備校にといくら払ってきたのだろうか。中学受験産業の容赦ない「課金」の構図を知ってから、世間で名門と呼ばれている大学の学生を見てもこんなことばかり考えてしまう。

　電車を降り、徒歩十二分と表示されているスマホの地図を頼りに芝浦方面へと向かう。それにしても暑い。ワイシャツも肌着も、汗でぐっしょり濡れている。高校時代、サッカーで汗を流すのは気持ちよかったが、これがワイシャツになると途端に不快になる。

　社会人になって得たものと失ったものの大きさを思う。サッカーのスパイクと違って、歩きづらい上にやけに重い革靴も不愉快だ。なんで俺がわざわざ矢島のためにここまでしなくちゃならないんだ。靴の中の足が蒸れるのも矢島のせいにしたくなる。

日陰もない中、ダラダラと歩かされ、ようやく目的地にたどり着いた。昭和から取り残されたかのような、古臭いデザインのマンション。管理に金をかけていないのだろう、かつて白かったであろう外壁は煤（すす）けて灰色になっており、植栽は荒れ放題だ。近隣にそびえ立つ立派なタワマンとのコントラストが強烈で、格差社会という言葉が脳裏に浮かんだ。矢島のやつ、本当にこんなところに……？　半信半疑で、ホームページで示された部屋番号のチャイムを押す。

ブー、という間の抜けた音が鳴る。反応はない。念の為もう一度押そうと腕を伸ばした瞬間、ドアが開いた。

「だからテレビはないからNHKは契約しないっつってんでしょ！」

一方的にまくし立てる、若い男。この顔、見覚えがある。ホームページで腕組みをしていた代表取締役だ。

廊下の奥には、もう一人の見慣れた顔があった。

「あれ、平田さん？　なんでここに？」

キョトンとした顔の矢島を見た瞬間、無駄足にならずに済んだという安堵（あんど）感と、とりあえず一発殴り倒したくなる衝動が同時に生まれた。

「えーっと、コーヒーで大丈夫でしょうか？」

代表取締役の男は出会い頭の怒声を詫びた後、先程とは打って変わって丁寧な態度となった。一方、矢島はどう対応したら良いのかわからない様子で、目の前でモジモジしている。これまでスーツ姿しか見ていなかったこともあり、襟がよれた安っぽいTシャツを来た矢島は大学生にしか見えなかった。

1LDKの部屋をそのままオフィスとして利用しているのだろうか、リビングの真ん中に設置されたテーブルにパソコンが二台並び、雑誌や本が雑然と散らばっていた。ホワイトボードには乱雑に事業計画らしきものが描かれている。代表取締役がキッチンにコーヒーを取りに行っている間、テーブルを挟んで矢島と向き合う。何から話そうか逡巡していると、矢島が思いつめたような表情で口を開いた。

「平田さんにここまで来ていただいて嬉しいんですけど、自分、もういなほ銀行には戻らないって決めたんで」

何を勘違いしているのだろうか。あの退職エントリーを読んで薄々気づいていたが、今確信に変わった。一体、自分が会社にどれだけ迷惑をかけているのか、目の前のこいつは一切わかっていない。いや、理解しようとすらしていない。

「別に辞めるのは構わねーけど、退職代行サービスって何だよ。お前、社会舐めてんのか?」

自分でも意外なほど、ドスの利いた言葉が口から出てきた。これまで、パワハラで刺されるのが怖くて表面上は優しく接してきたが、つけあがらせただけだった。結果として誕生したのが、目の前にいるモンスター社員だ。会社を辞めるとわかった以上、本音を隠した建前だけの空疎なコミュニケーションに付き合う必要もない。

　健太の剣幕に圧されたのか、矢島は下を向いて黙っている。

「オイ、黙ってないで何か喋れよ！」

　思わず机を叩く。新入社員の頃、営業成績が未達のたびにこうして上司に詰められた。自分がやられて最も嫌だったことを健太は躊躇なく再現していた。そうか、俺が本当にやりたかったことはこれだったんだ。

　もう一度、机を叩く。さっきより力を込めて。テーブルに雑然と積まれた雑誌が雪崩を起こす。バーベキュー特集、アウトドア体験、魅惑のロードバイク――。

「なんだよ、まともに働いてもないくせに遊ぶことばっか夢中になりやがって。お前らはいつもそうだ。働くっていうのはよ、汗水たらして、嫌なことも我慢して、自分を殺して、靴をすり減らして、頭を下げて、情けなくて、ダサくて、それでも、そういうもんなんだよ。働く意味？　そんなん知らねーよ。こっちは家族を支えるために必死なんだよ。ふざけんなよ、馬鹿にしやがって。お前らが夢想しているほど、世の中は甘くねーんだよ！」

　久々に大声を出したからか、怒りの炎は、我ながら理不尽なまでに燃え盛っていた。黄ばんだエアコンが吐く冷たい風が、部屋の隅にある観葉植物の葉を揺らす。部屋を静寂が包み、矢島はただ俯いていた。

「すみません、うちの矢島がご迷惑をおかけしたみたいで」

沈黙を破るように、コーヒーの良い香りが鼻孔をくすぐる。ヒートアップして、拳の下ろしどころを見失った健太を落ち着かせるかのような絶妙なタイミングで、紙コップを両手に持った代表取締役が現れる。さっきまでキッチンからゴリゴリ音が聞こえていたが、豆から挽いたのだろうか。

つい熱くなってしまったが、よそのオフィスに乗り込んで大声を出している時点でこちらも相当非常識だ。正気に戻り、バツが悪くなる。

「退職代行サービスの件は私も今知ったところで驚いたんですけど、辞めるという点では私が矢島を焚き付けたところもあります。ご迷惑をおかけし、本当に申し訳ございませんでした」

頭を下げる代表取締役。無精髭にTシャツ、ゴツゴツしたネックレス。深夜の歌舞伎町を歩いていそうな見た目に反して、案外腰が低い。相手が低姿勢になればなるほど、健太は居心地の悪さを感じた。

「取り乱して失礼しました、我々としては一度会社に来て、その上でちゃんと手続きさえしてくれれば問題ないんですけど。あと、あの退職エントリーっていうの、あのままだと支店のみんなに迷惑かかるからそこの部分だけでも良いから消してくれないかな」

慎重に言葉を選ぶ。大声を出して威圧した時点でもう手遅れかもしれないが。

「……すいませんでした、退職を決めた後、一刻も早くこっちで働きたくなっちゃって」

矢島がポツリと話す。

「平田さんはじめ銀行の先輩方には感謝してるっていうのは本当なんですけど、あのまま三十年以上働くと思うと、急に怖くなって。就活でなんとなく大手受けてなんとなく受かった銀行に入ったんですけど、成長してるっていう実感が全然なくて。平田さん、蕎麦屋で話してたじゃないですか、何のために働いてるかわからないって。一度しかない人生、これで良いのかなと思うと、いても立ってもいられなくて。退職代行サービスを使ったのも、焦っていて……」

矢島が震えながら言葉を絞り出す。こいつにはイライラさせられることばかりだったが、はじめて本音を聞いた気がする。それが退職届の取り立ての瞬間というのも皮肉だが。

「私もケジメはキチンとつけたほうが良いと思うので、また明日、矢島をそちらに伺わせるという形でどうでしょうか？　今日はこんな格好ですし。あの退職エントリーも、そちらに迷惑をかけていると伺った以上、こちらとしても本意ではないので削除させます」

代表取締役が話を締めにかかる。ホームページには広告代理店の営業職として数年働いた後に起業したと書いてあったが、まだ若いのにしっかりしている。矢島は背中をかがめて、下を向いてうなだれている。健太に異論があるはずもなく、良い香りがするコーヒーを半分残したまま去ることにした。

「今回、こんな形になってご迷惑をおかけしてしまいましたが、矢島はうちが責任を持って鍛え直します。今、ベンチャーキャピタルからの資金調達も進めているところなので、いなほ銀行さんにまたいつか違った形でお世話になることができれば」

帰りの山手線の中で、代表取締役から去り際に受け取った名刺をじっと見つめる。会社名と名前と連絡先だけが記載された、シンプルなものだ。大企業にありがちな、スローガンやロゴマークでゴテゴテと埋め尽くされたようなものとは明らかに違う。企業に寄りかからず、独力で道を切り拓いていこうとする若者の熱気の残り香がそこにあった。矢島にとって、目指すべきロールモデルは健太ではなく、この男だったんだろう。厄介者を押し付けることができてホッとしたような、少し悔しいような、なんとも言えない気分になる。

支店に戻り支店長に報告すると、支店長は大喜びだった。トラブルを内密に処理できたことに加え、鬱病で休職した進藤の穴埋めとして、本店から補充の人員が来るという朗報もあった。

「いやー、大変だったんだよ。どこの支店も中堅社員は足りなくてさ。人事部に頼み込んだ甲斐(かい)があったよ」

支店長室でゴルフの素振りのまねをしながら語る支店長は上機嫌だ。退職エントリーの削除により、矢島は会社の雰囲気に合わず、すぐに辞めていく根性がない若手社員の一人という扱いになった。人事評定でバツがつくこともなくなり、課題だった人員不足も解消され、支店長にとっては百点満点の回答だろう。

「矢島の代わりにも、誰か使える若手が来てくれると良いんですけどね」

人の苦労も知らないで、と思わず棘のある言い方をしてしまったが、支店長は上機嫌のままだ。

「いやー、最近の若者は根性がないって聞いてたけど、本当だね。やっぱ、多少頭悪くても体育会の子とか欲しいよね」

この狸親父め、と思うが決して口には出さない。サラリーマンとして、大抵のことは呑み込むしかない。

確かにこんな姿ばかり見ていたら、大企業に絶望する矢島の気持ちもわからないでもない。健太が若かった頃と異なり、今の時代、掌にあるスマホを通じていくらでも情報は手に入る。零細ベンチャーに人生を懸けることが正解かどうか健太にはわからないが、隣の芝生は青く見えるのだろう。少なくとも、自分の三十年後、四十年後を想像できてしまう組織よりは。

矢島のせいで溜まっていた仕事の処理が終わった頃には、あたりはもうすっかり暗くなっていた。昔はこの時間帯まで働いていれば、支店に残った連中で一杯飲むか、となったものだが、働き方改革が進んだこともあり、もう誰も残っていない。支店の電気をすべて消し、警備会社に電話をして通用口の鍵を閉める。若手の頃も、こうして最後まで支店に残っては警備会社に電話をしたものだ。あれから随分経ったが、果たして自分は成長できているのだろうか。

外に出ると、昼間の熱気が嘘のように涼しい風が吹いていた。なんとなく、真っすぐ家に帰りたくない。

「ごめん、外で食ってくるから夕飯はいらないや」

とさやかにメッセージを送り、駅前の小料理屋のカウンターで一人、刺し身をつつきながら瓶ビールをあける。こういうときはジョッキではなく、瓶ビールに限る。手酌で、自分のペースで飲むというのが大事なのだ。家庭のこと、仕事のこと、矢島のこと。ビールで満ちたガラスコップの底から立ちのぼる泡を見ながら、考えることはいくらでもあった。月曜の夜から一人で飲んでいるという背徳感が、ビールの旨味を際立たせた。酒に不思議のチャンスあり。昔の偉い人は上手いこと言ったものだ。

瓶を二本空け、気持ち良くなってきたところで会計を済ませる。しめて三千二百円也。さやかな贅沢としては悪くない。もう充は寝た頃だろうか。ほろ酔い気分で電車に揺られる。

もっとも、アルコールの力を借りて得た仮初め(かりそ)の多幸感は家に着いた瞬間、霧散した。

「ねえ、ブリックスのことなんだけど……」

帰宅すると、さやかが暗い顔をしてテーブルに座っていた。照明もつけず、手に持ったタブレットの画面だけが暗闇の中、ぼうっと浮かび上がっている。

「充がね、どうしてもエスに残りたいんだって……」

タブレットの画面には個別指導塾エスペラールと書かれたホームページが表示されている。以前聞いたことがある。ブリックスの授業だけで理解が足りない子向けに、専任講師が少人数制で指導してくれるというやつだ。授業料は一コマ六千円。頭の中で計算する。週に二回通うと、それだけで月に五万円近くかかることになる。

ブリックスの月々の月謝が約六万円で、夏期講習に十七万円。志望校別夏期特別特訓が六万円弱。これまでに一体いくら費やしてきたと思っているんだ、さらに搾り取ろうっていう塾の戦略に乗せられてどうする――喉まで出かかった言葉は、さやかの思いつめた表情で引っ込んだ。

「算数にね、ついていけないんだって。隆君はわからないところがあると家庭教師の先生とかパパに教えてもらえるらしいんだけど」

さやかの言葉が胸に突き刺さる。国立大の医学部を出ている徹と比べられると、健太は何も言い返せない。キャンプ場の星座鑑賞での、徹の豊富な知識と優しい語り口を思い出す。きっと、あの調子で難関校の算数も難なく教えられるのだろう。高三までサッカー一筋だった健太は大学受験で数学を捨てており、未だに算数に苦手意識がある。ブリックスのテキストを見ても、国語や社会はともかく算数はサッパリお手上げだった。

良い大学を出れば将来の可能性が広がるということは健太も理解している。しかし、週に三回、四〜五時間のブリックスの授業だけでは飽き足らず、毎日早朝から文字通り寝る間を惜しんで計算だ漢字だ暗記だと繰り返す日々がとても健全だとは思えない。この上、さらに個別指導塾で勉強を詰め込もうというのは、狂気の沙汰でしかない。ふと、早稲田卒の矢島を思い出す。今の時代、学歴よりも大事なことがあるのではないか。

「個別指導塾ね……それは本当に充が望んでるのか？　そこまで無理しなくても、身の丈にあった志望校っていうのもあるんじゃないの？」

冷蔵庫を開く。せっかく良い気分で酔っていたのに、すっかり醒めた。追加で飲まないとやってられない。しかし、冷蔵庫の飲料コーナーに置いてあったのは缶ビールではなく、安っぽい発泡酒だった。ストレスを解消するための数少ない楽しみすらも削って、子供の勉強のために費やさないといけないのか。健太が文句を言おうと後ろを振り向くと、

「健太は充の頑張りをちゃんと見てないからそういうこと簡単に言えるのよ！　だいたい身の丈って何？　ここまで頑張ってきたのに、お金がないから諦めろって充に言えるの？　親友の隆君と同じ学校に行きたいって願うのはいけないこと？　あなただってよく東大卒が使えないって言うけど、それって負け惜しみじゃない？　学歴で悔しい思いしてきたんじゃないの？」

さやかが語気を強める。目にはうっすら涙が光っていた。

東京砂漠にそびえ立つ、住む者すべてを狂わせる砂上のタワマン。気がつけば、さやかはすっかり狂気の世界の住人となっていた。充も、本心で勉強したいと言っている訳ではないだろう。毎回ボーダーラインすれすれで、母親からのプレッシャーを受けながら優秀な友人に劣等感を覚えながら塾に通う日々がどれだけ辛いものか。悩んだ末に出した答えがさらに勉強をするという修羅の道であったとき、親として背中を押すべきなのか、止めるべきなのか。健太にはわからなかった。

「とりあえず事情はわかったから、また明日充に聞いてみようか。別にお金のことは問題ないから。明日も早いんだし、さやかは早く寝たら？」

一生懸命、理解のある夫を演じる。本音で話し合ったところで、ここまですれ違い、こじれた相手と理解しあえるはずがない。ならば、相手の面子(メンツ)を潰さない着地点を目指すというのが健太がサラリーマン人生で学んだスキルだった。


「どこで間違えたんだ……」

さやかが寝室に行った後、一人で深くため息をつく。リビングの壁には、産院のベッドの上で生まれたばかりの充を抱いたさやかと、隣で笑っている健太の写真が飾られている。あの頃は、充が健やかに育ってくれれば十分だったはずなのに。年齢を重ねるごとに期待ばかり大きくなって、さやかも充も押しつぶされそうだ。

サッカーの夢を諦め、東京にまで出てきて、息が詰まるようなこの場所で、俺は何をやっているんだろう。外の風を浴びたくなり、窓を開ける。タワマン低層階のバルコニーからは雑居ビルと道路しか見えず、道路を走る自動車のヘッドライトが視界の隅で動いていた。この部屋から東京タワーは永遠に見えない。少しぬるくなった発泡酒を喉に流し込む。本物のビールには程遠い喉越しで、一層、憂鬱な気分になるだけだった。

秋

第3章

高杉綾子の煩悶

Agony of Ayako

「隆君も玲奈ちゃんも正月は来られないのかい？　久しぶりに会いたかったんだけどねえ。中学受験もピアノも私にはよくわからないけど、小学生のうちからそんなに勉強したり楽器の練習したりする必要があんのかねぇ……」

　老いた母の背中は記憶の中のそれよりずっと小さく、深く刻まれた皺(しわ)は道の駅に置いてあった干し柿を思わせた。かつて背丈を測った柱の傷、煤けた壁紙、ダイヤル式の黒電話。ボーン、ボーンと柱時計が気の抜けた音を鳴らす。群馬県の山間部に位置する実家のすべてが、この家を出ていった十八歳の頃から何も変わらない。時間の進行が止まった淀(よど)んだ空気の中、一人残された母が静かに老いていく姿を思い、背筋に冷たいものが走った。

「何言ってんの、東京じゃ当たり前よ！　群馬と一緒にしないで！」

　動揺を隠そうと、つい口調がキツくなる。寂しそうな顔の母を見て、後悔の念が心臓をギュッと摑む。違う、そんなつもりじゃなかったのに。でも、今更素直になることはできない。西日が差す居間で、高杉綾子は唇を嚙んだ。

　平安時代に歌人が山から昇る月を見て感銘し、歌を詠んだという伝承を由来とする故郷の町は平成の大合併を経て、全国各地にありふれたひらがなの町の一つとなった。もっとも、変わったのは名前だけだ。利根川に沿って敷かれた線路を通る上越線は一時間に一～二本しか来ないし、降って湧いたような近年のアウトドアブームも地元への経済波及効果はわずかで、どこもかしこもお世辞にも栄えているとは言い難い。温泉街近くのシャッターが閉まった商店には、とっくの昔に政界を引退し、子供に地盤を譲った元首相の色あせたポスターが貼ってあった。近くのスーパーまで徒歩十五分、買い物ひとつとっても七十歳を超えた母には重労働だろう。

「母さん、いい加減この家出たら？」

つい、口調がキツくなる。まだ十月になったばかりだというのに、標高五百メートルの空気は肌寒い。家中の窓を閉めても、隙間風が入ってくる。気密性や断熱性に配慮し、年間を通じて常に快適なタワマン高層階の部屋とは大違いだ。

「群馬から離れるのが嫌だったら、前橋でも高崎でも良いじゃない。せめてもう少し便利な場所に引っ越そうよ。あそこらへんも最近タワマン建ってるんでしょ」

口調を柔らかくして呼びかけるが、

「嫌だよ、私は畳の上で死にたいね。タワマンだかなんだか知らんけど、人は土から離れては生きられんよ」

と母は頑なだった。私がこの家から去って二十七年、父が亡くなって十年。自分以外、もう誰も残っていない木造家屋を守ろうとする母の姿は、子供の頃に観たアニメ映画に登場した、無人の古代遺跡をただ一体で護るロボット兵のようだった。

子供の頃、この家から、そしてこの町から出ることばかり考えていた。ギャンブル狂で、負けるたびに酔って暴れる父。手を上げられても、何も言わずにじっと耐え忍ぶ母。怒号の中、割れるグラスの音。テレビから流れる巨人戦。居間の隅で耳を塞ぎ、震えながらひたすら嵐が過ぎるのを待った。

生理が始まって食卓に赤飯が出た翌日、中学校のクラスの男子がそのことを知ってニヤニヤしているような、何かあればすぐに噂が駆け巡るこの町が死ぬほど嫌いだった。昭和から時計の針が止まったような町で、地元の高校を卒業し、信金か役場か農協か旅館で数年働き、勤務先で結婚相手を見つけて寿退職。子供を二、三人産み育て、気がつけば朝から晩まで一日中テレビをボーッと見続ける祖母のようになる。そんな将来を受け入れることができなかった。

「あんたは昔から東京行きたがってたもんねぇ」

母がしみじみと呟く。「よっこらせ」と立ち上がって台所へ向かう背中は、かつて将来あはなりたくないと思っていた、今は亡き祖母の姿に重なる。

「私だって好きで言ってるわけじゃないのよ。一人暮らしだと、何かあったら大変でしょ」

後ろめたさを隠すようについ声を張り上げるが、母は動じない。

「心配してくれるのは嬉しいけど、まだ身体に悪い所もないし、こうしてたまに顔を見せてくれたら十分よ。綾子にも東京の暮らしがあるんでしょ」

綾子の心を見透かしたかのような母の言葉に、返す言葉がない。十八歳の冬。「女に学など必要ない」と主張する父の猛反対を押し切って、東京の短大に進学することを応援してくれたのは母だった。旅館のパートでコツコツ貯めた三百万円。口座開設以来、十年以上にわたって一円も引き出されずに数字が積み上がった群馬銀行の通帳を手渡しながら「綾子は私が見られなかった景色を見ておいで」と背中を押してくれた。

別に勉強をしたかったわけではない。ただ、山に囲まれたこの町で一生を終えたくなかった。子供の頃から、周囲の反応で自分が美人なことは自覚していた。どこに行っても大人からは「綾子ちゃんはべっぴんだねえ」と褒められたし、劇ではいつも周囲から推される形で主役だった。思春期に男子から告白されたのも一度や二度ではない。

もっとも、この町に残った所で、その長所を活かせるとは思えなかった。漠然とした焦燥感は、せっかく美しく生まれたのに競馬とパチンコと巨人戦にしか興味のない男と結婚し子を産み育て、山間部の町で静かに若さを失っていく母の後ろ姿を見て確信へと育った。

ブラウン管のテレビ越しに見た、キラキラした東京の生活。恵まれた外見は、その瞬きを摑むために神が与えてくれた武器だ。現在、東京のタワマン最上階に住み、何不自由ない暮らしができるのも、私が「正しい」選択をしたからだ。それでも、私をこの山間部から出してくれたのは、家事をすべて一人でこなしながら温泉旅館のパートでお膳を運んだり布団を片付けたりし、決して少なくない額のお金を貯めてくれた母のおかげだ。そんな母を故郷に一人置いて、自分だけ幸せを追い求めたことに対する罪悪感が、こうして数ヶ月に一度、綾子の足を群馬に向けさせる。

「ほら、あんたも同窓会あるんでしょ。そろそろ出ないと遅れるわよ」

娘がいくつになろうが、母は母だ。私も将来、隆や玲奈をうまく突き放すことができるのだろうか。今年で四十五歳。上越線のホームで私を東京に送り出した母の年齢をとっくに超えているが、その場面をまったく想像できない。

駅まで徒歩二十五分。東京であればタクシーを呼ぶ距離だが、昼間からタクシーを呼ぼうものなら「生方(うぶかた)さんのとこの綾子ちゃん、こないだ久々に見たと思ったらタクシー乗ってたわよ。やっぱり東京に行くと変わっちゃうのかね」といった噂話が回りかねない。バス停の時刻表を見ると、もうバスは出ていったばかりだ。まあ少しぐらい遅れても大丈夫でしょ、と駅まで歩く。視界いっぱいに広がる、色鮮やかな紅葉が山を埋め尽くす風景。昔は見飽きたと思っていたが、無機質な東京の暮らしに慣れた今となっては、どこか懐かしい。気がつけば、群馬で過ごした時間より、東京での生活のほうが長くなっている。

普段は招待状が来ても見向きもしない同窓会に顔を出そうと思ったのは、ほんの気まぐれだった。観光業界で働く同級生も多い中、盆や正月を外して選ばれた秋の週末。これがたまたま、帰省のタイミングと重なっていた。実家に帰っても母との会話がそうそう盛り上がることもないし、夕食を食べて寝るまでの間、スマホをいじって時間をつぶすくらいなら、という程度だ。特に会いたい友人がいる訳でもない。それでも、東京で暮らす中、ふと故郷のことを思い出すことが最近増えた。子育てを通じて自分の幼少期を振り返ることが多くなったからか、それとも年を重ねたからか。気がつけば、参加すると返信していた。

「え、綾子？　うそ、久しぶり〜！　成人式以来？」

数十人がひしめく、畳が擦り切れた座敷席に顔を出すと、その場にいる参加者の間にざわめきが広がる。綾子の元に一斉に集まる視線。ちょっとした居心地の悪さと、そこはかとない優越感が同時に押し寄せる。地元に残った、かつての同級生たちの相変わらず垢抜けない姿を見てホッとする。

「綾子〜、雑誌ずっと買ってたよ〜！　すっかりセレブみたいになっちゃって〜！」

ソフトテニス部でペアを組んでいた久美子(くみこ)が駆け寄ってくる。高校時代、「絶対東京に出ようね」と二人で話しながら下校したものだが、結局、久美子は親を説得できずに実家に残った。コンビニに行くにも自動車を使う地域柄、普段の生活で歩いていないのだろう、かつてのスリムな体型は原形をとどめていない。いつ買ったんだろうか、ニットのワンピースは袖の部分がほつれていた。久美子の現在の姿は、地元に残った自分だ。

「同級生が東京でモデルになってるなんて、すごいよ！　テレビに出てたのも見たよ！」

「インスタ、フォローしてるよ〜！　すっごい景色だけど、あれってタワマンってやつ？」

興奮する久美子につられて、友人たちが次々と集まってくる。

「モデルっていっても読者モデルだし、全然大したことないよ。昔のことだし」

と苦笑しながらこともなげに返す。これは半分謙遜で、半分本音だ。東京でファッション雑誌の読者モデルとして活躍していた、といえば聞こえが良いが、まだ雑誌に勢いがあった頃の話だ。歳を重ね、インターネットに主戦場が移るとともにモデルとしての仕事は次第に細っていった。事務所に勧められるがままにタレントに転身したが、芸能界において顔が良いというのはスタートラインでしかない。人目を引く経歴があるわけでもなく、トークが巧いわけでもなく、演技ができるわけでもないタレントに回ってくる仕事なんて限られている。結局、月9のドラマにチョイ役として出演したのがピークで、芸能人としてはパッとしないまま、結婚を機にサッパリ辞めた。

東京という街ではありふれた失敗談だが、娯楽に飢えた故郷の町では、未だにおらが町から誕生したスターという扱いのようだ。綾子の一挙手一投足に対する、好奇心に満ちた視線を肌で感じる。

「あ、シャンディガフください」

ドリンクを注文しただけで、小さなどよめきが広がる。「ビールじゃないんだ、やっぱり違うな」という声がどこからともなく聞こえ、笑いを嚙み殺すので大変だった。こうやって特別視されるのはまんざらでもない。モデルとして、カメラのフラッシュを浴びていた頃を思い出す。好奇が入り混じった周囲の視線に応えるように、「東京の人間」として振る舞う。最初の緊張感もどこかに消え、だんだん愉快な気分になってきた。

「久美子はどうしてんの？　成人式以来だもんね」

場がやや落ち着いたのを見計らって、隣に座る久美子に話しかける。二十五年前の成人式。晴れ着姿の久美子はベビーカーを押していた。生後二ヶ月だという赤ちゃんはまだ猿のようで、ちっとも可愛いとは思えなかった。

「夜泣きが大変で全然寝られなくてさ」

と目の下に隈が残る久美子と話しながら、もし自分も東京に出ていなければ、一緒になって子育てをしていたのかもしれないとゾッとしたことを思い出す。女として一番楽しい盛りの二十代を、子育てで終える。そんな人生と決別するべく、東京に出た自分の選択は間違っていなかった。声にこそ出さなかったものの、しみじみ思った。

あれから二十五年の時を経て、久美子はすっかり余裕を醸し出していた。

「うちは来月、下の子に赤ちゃんが生まれるからもう孫も二人目。嫌になっちゃうよね」

少しも嫌じゃなさそうな様子で、想定外のエピソードを繰り出す久美子。え、孫？　情報処理が追いつかず、思わずグラスを右手に固まってしまう。少し考えてみれば当たり前だが、二十歳で出産すれば、四十歳を超えたときに子供は成人しており、子供もこの町ではもう出産適齢期だ。東京では綾子のように三十代で出産して小学生の子供を育てている四十代も珍しくないが、この町では少数派だ。

「うちも今度孫が生まれるんだよ。お祝い、何あげた?」

「俺んちはまだ大学生だけど、学費と仕送りで生活ヤバい」

久美子と綾子のやりとりをきっかけに、テーブルの話題の中心は孫や子供になっていく。普段、東京で話すママ友との会話といえば子供の中学受験やピアノの話が中心だが、人生のステージがまったく違う。まだ自分が当時の母に追いついていないと思っていたのは、単に子供を産むのが遅かったからだ。綾子が東京生活を満喫している間、地元の同級生たちは地に足をつけ、先を進んでいたという事実に気づき、心音が早く、大きくなる。「これからは自分のために時間を使いたいよね」という久美子の言葉をもとに、頭の中で計算してみる。玲奈が大学を卒業するのが最短で十三年後。私は五十八歳で自由を手に入れて、そこから一体何ができるのだろうか。

「綾子のところは子供いくつだっけ? インスタの写真に映ってたけど、まだ小さいよね。旦那さんとはどこで知り合ったの?」

かつての友人たちの、好奇心に満ちた会話に怯(ひる)む。夫の徹と出会ったのは二十九歳の頃。芸能活動の合間にバイトで働いていた西麻布のラウンジで会った、パッとしない内気な男。

「こいつ、独身だからさ」と下卑た笑みを浮かべる、遊び慣れた先輩の横でモゾモゾしている男が開業医の長男だと知ったとき、「次」に進むための鍵はこれだと確信した。別に芸能人ごっこをやるために東京に来たわけではない。上京以来、積み上げた芸能界のキャリアに見切りをつけるのに躊躇いはなかった。

開業医として跡継ぎの誕生を迫る義父母のプレッシャーがあったにもかかわらず、綾子はなかなか妊娠しなかった。東京で上流の暮らしを実現するための打算で成り立った結婚生活。愛情を育む間もなく、作業のように身体を重ねた。タイミング療法でも人工授精でもなかなか妊娠せず、結局、隆も玲奈も、体外受精の末に授かった。排卵を誘発するために毎日腹に注射を打ち、ホルモンの乱れで一日中吐き気に悩まされ、お腹を痛めて産んだ我が子だ。別にやましいことは何もないが、なんとなくバツが悪い。

「友達の紹介だよ、仕事に夢中で婚期遅れちゃってさ」

自虐的に話すが、かつての友人たちと目を合わせることができない。孫を巡る会話に混じることができず、地元トークにもついていけず、少し気後れしてトイレに立つと、お手洗いと書かれたドアから出てきた男と目が合う。高二から高三にかけて付き合っていたバスケ部キャプテンの渡辺君。あの頃は、目標に向かってひたむきに頑張るスポーツマンに恋するようなピュアな心も持っていた。もっとも、東京で成功を摑むという壮大な夢の前では恋愛感情など瑣末(さまつ)なもので、卒業前に綾子から振ったのだが。

「生方、本当に久しぶりだな、東京で元気にやってんの?」

旧姓で呼ばれるのも久しぶりだ。あの頃はお互い下の名前で呼び合っていたが。半袖のポロシャツから出ているたくましい二の腕が視界に入る。高校を卒業後、消防士になったと聞いた。日々の仕事と研鑽で鍛え上げられた引き締まった肉体。日焼けした健康的な肌が眩しい。運動とは縁遠く、ふくよかに肥えた徹の姿を思い出し、頭の中で思わず比較してしまう。

「元気だけど、たまに群馬が懐かしいときもあるよ」

思ってもいなかった言葉が口をついて出る。十代の頃のおままごとのような恋にあてられるような歳でもないが、自分よりずっと先を進んでいる同級生よりは、かつて同じ時を過ごした元カレのほうが幾分か素直になれる気がした。


トイレから出ると、店の外で煙草を吸っている渡辺君の姿が再び視界に入った。思わず、足が向かっていた。

「渡辺君はどうなの? 人生、順調?」

我ながらなんて質問だ。自分で声をかけておきながら、思わず笑ってしまう。渡辺君も煙草を吸いながら「なんだよ、それ」と苦笑していた。この空間だけ、二十七年前に戻ったようだ。高校生の頃も、部活がない放課後、よくコンビニの前でたむろっていた。

秋の山は肌寒いが、店の中の籠もった空気と相まって、澄んだ空気が気持ち良い。ここは市街地だというのに、星の瞬きがくっきり見える。

「まあボチボチよ。嫁さんと結婚して、子供三人育てながら仕事の合間にバスケやってる。生方からしたら退屈な人生かもしれんけどな」

上京するからと、涙ながらに別れたことをまだ覚えているのだろうか。あのとき、東京に行かなければ、私も渡辺綾子という名前で、群馬で平凡で幸せな家庭を築いていたのかもしれない。週末の朝からお弁当を作り、子供と一緒に夫のバスケを応援する生活。今となっては、逆に現実味が湧かない。

「そいや、生方は今何やってるの？」

渡辺君が煙草の煙を吐きながら尋ねる。澄んだ空気の中、立ちのぼる真っ白な煙が星空に溶けて消える。

「今は子供の教育かな。息子の中学受験もあるし、娘はピアノのコンクールだしで。夫が医者だから忙しくて、もっぱら子供の面倒は私がみることになってて」

邪念を振り払うように、つい早口で返してしまう。私はこんなチンケな町を捨て、医者と結婚して、タワマン最上階で優秀な息子と娘を育てている。軽自動車で山道を運転するような生活が嫌で東京に出て、望んでいたような生活を実現したんだ——。言葉にならない言葉を頭の中で反芻する。かつて同じ景色を見て、そして違う道を歩んでいる目の前の男に、これまでの人生を肯定し、称賛して欲しかった。

「いや、違くてさ、生方はどうなん？　旦那が何してるとか、子供がどうとか、そういうんじゃなくてさ」

当の渡辺君の口から出てきたのは、綾子が聞きたかったものとは真逆の言葉だった。こちらの意図が見透かされているようで、さっきまでどこか懐かしかった煙草の匂いが急に不快なものになる。

「私？　今は子供のことでいっぱいだから……」

必死に言葉を紡ごうとするが、続きが出てこない。短大卒で、学歴も教養も人脈も持たない地方出身の人間が東京で「上」に居続けることがどれだけ難しいと思ってるの？　大学進学率が二割のこの町に住み続けているあなたにはわからないでしょうけど——。喉まで出かかる言葉を呑みこみ、曖昧に微笑んで誤魔化す。しかし、渡辺君の瞳はじっと綾子を捉えていた。

「東京でやっていくのも大変なんだろうけど、もっと力抜いたら？　まあ俺に言われるようなことじゃないか」

渡辺君が、短くなった煙草を地面に置かれた一斗缶に投げ捨てる。缶に張られた水と煙草の火がぶつかり、静かに煙が消えた。缶の中をじっと見つめていると、渡辺君は綾子を顧みることもなく、「じゃ俺、戻るわ」と、店の奥へと戻っていった。綾子は渡辺君の後ろ姿を見ることができなかった。店の中のざわめきが、やけに大きく聞こえた。

「なんだかんだ言って、みんな綾子が羨ましいのよ」

店からの帰りの車内、酔った久美子が繰り返す。タクシーで帰ろうと思ったが、家の方向が一緒だからと、強引に久美子の車に乗せられた。車を運転するのは久美子の旦那。高校の二つ上の野球部の先輩だというが、顔を見てもまったく思い出せない。建設会社で働いているということだが、いかにも現場監督といった風体で、真っ黒に日焼けしている。

「東京に出てっても、苦労している子のほうが多いしね」

赤ら顔の久美子が続ける。専門学校を経て銀座の有名な料亭に雇用されたが、労働基準法や最低賃金を無視した劣悪な労働環境に音を上げ、一年もたずに帰ってきた太田(おおた)君。東京で美容師になると親の反対を押し切って町を飛び出したものの、カルト宗教にハマって借金を抱え、正気に戻ったものの今は国道沿いのスーパーでレジ打ちしている沙織(さおり)。東京の大学に進学してそのまま就職したが、離婚して子供を連れて出戻りし、実家で暮らす美佐子(みさこ)。みんな、今日の同窓会には参加していないという。

振り返ってみれば、今日会話をした旧友たちはみんな、地元にとどまり、定職に就くなり家庭を築くなりしていた。何かあればすぐ噂話が広がるような狭いコミュニティ、同窓会に参加できる資格を持っているのは、「失敗」をしていない人間だけだ。東京で成功を摑むという夢が破れ、息を潜めるように地元で暮らす日々。誰一人として顔を思い出せないが、一歩間違えると自分がそうだったかと思うと酔いも醒める。

「久美子はさ、いま、幸せ？」

酔ったふりをして、かつての親友に問いかける。高二の夏、久美子と久美子の彼氏と渡辺君とでダブルデートをした。早朝から半日かけて鈍行列車に揺られて東京までたどり着き、観光名所を駆け足で巡った。渋谷１０９はテレビで見たよりはるかに大きく、同年代の東京の垢抜けた女子高生に圧倒された。帰りの高崎線、ぐったり疲れてうたた寝している久美子の彼氏と渡辺君を放置して、二人で「絶対に高校卒業したら東京出ようね」と熱く語り合った。あの頃の久美子は、今の久美子を見てどう思うのだろうか。

「どうなんかねー、まあボチボチかなー。そりゃ綾子みたいに華やかな暮らしじゃないけどさ」

窓ガラスの向こうを見つめながら話す久美子。その表情は見えない。

「今になって考えると、東京行っても綾子みたいに上手くいったかわからないしね。綾子の旦那さん、お医者さんでしょ。良い物件見つけたよね」

悪気はないのだろうが、今の綾子には少し響く。カネ目当ての結婚生活は幸せ？　どこからか、久美子の心の声が聞こえてくるような気がする。

「おいおい、旦那を物件呼ばわりとは酷い言いようだな。飲み会に行った嫁を迎えに来る俺は優良物件じゃないのか？」

突然、運転席の久美子の夫が会話に割って入ってきた。

「あんたは前向いて運転してなさい！」

久美子が突っぱねるが、久美子の夫はヘラヘラと笑っている。

「いやあ、まさか生方綾子が来てるなんて知らなかったから、ビックリしたよ。最近テレビで名前見ないけど、仕事ないの？」

信号待ちの間、後ろを向いてデリカシーの欠片もない調子でまくし立てる。粘度を帯びた、ねっとりした視線。

「もうやめてよ、恥ずかしい！」

久美子が運転席のシートを蹴るが、気にしない様子だ。作り笑顔でいなしながら、一瞬でもこの町に残って暮らす自分を想像してしまったことが腹立たしい。私はこの知り合いだらけの湿度の高い空間が嫌で、東京に出たんだった。

「芸能人と会ったって、今度会社で自慢しよっと」

家の前に着いてもなお、久美子の夫は悪びれもせずに語りかける。過去に話したこともないだろうに、妻の友人というだけでこの距離感。悪気がないのが尚更タチが悪い。

「ごめんね、ミーハーな旦那で」

久美子が謝るが、そういう問題でないことに気づいていない時点で、久美子と道が交わることは二度とないのだろう。

「久美子も東京来ることあったら連絡してね」

「ありがと、案内してね！」

決して果たされることのない、空虚な約束。かつてコートで一緒にテニスボールを追いかけ、放課後に将来の夢を語り合っていた私たちは、いつからこんな無機質な会話を交わすようになったのだろうか。山道へと消えていく軽自動車のテールランプを見送る。久美子はこれからも、この町で生きていくのだろう。デリカシーがないけれども気さくな夫と、近くに住む子供や孫の成長を見守りながら、勝手知ったる友人たちと一緒に歳を重ねる人生。高望みすることもなく、失望することもなく、「こんなもんだ」と言い聞かせながら紡がれる、予定調和な暮らし。そうした選択肢を受け入れることができなかった私の居場所は、もうここにはない。


「案外早かったわね、ちょうどお風呂のお湯張ったところよ」

家の扉を開けると、出かけたときと同じ格好で母が帰りを待っていた。私のために一番風呂をとっておいてくれたんだろう。いつだって自分より子供を優先する、その優しさが今は逆に疎ましい。正直、寝ていて欲しかった。

家を出ていったときと変わらない、バランス釜の狭い浴槽。安っぽいリンスインシャンプーの容器は底がヌメヌメしている。ここで生まれ育ったというのに、まったく落ち着かない。せっかく湯船で温まったところで、断熱性という概念を忘れたかのような脱衣所で髪の毛を乾かしている間に底冷えするのもイライラさせる。この町の、この家の、この空間の、すべてが気に入らなかった。この憤りをぶつける相手がどこにもいないことも、また綾子を苛つかせた。

居間に戻ると、母が老眼鏡をかけてテーブルの上で何やらガサゴソ漁っていた。

「あら早かったわね。これ、こないだ納戸を整理してたら出てきたんだけど、開かないのよ。あんたのじゃない?」

母が手渡してきたのは、ティッシュ箱程度の大きさのブリキ缶だった。くすんだ銀色の箱を振ると、乾いた音が鈍く響く。何が入っているのか、開けなくてもわかる。十八歳で家を出るとき、過去と決別するつもりで置いていった写真だ。スマホはおろか、ガラケーもデジカメもなかった時代。「写ルンです」で写真を撮って、写真屋で現像するという行為そのものが特別だった。錆びついた蓋を力を込めて開けると、勢い余って写真がテーブルの上に散らばった。部活の最後の大会後に撮った、久美子とのツーショット。ダブルデートのときの写真だろうか、少し芋臭い髪型をしている渡辺君もいる。体育祭の後の、体操着姿のクラスの集合写真。色あせた思い出が鮮やかに蘇る。今日の同窓会で見た顔もいくつかある。自分で選んだ道とはいえ、もう、この輪に戻ることはない。

「そろそろ私も風呂に入ろうかね」

独り言にしては大きい声で母が宣言し、立ち上がる。いくつになっても、母は母で、娘は娘だ。さっきは疎ましかったその優しさが胸に沁みる。誰もいなくなった居間で一人、綾子は写真を見返していた。視界の端が少し滲む。こみ上げてくるものを必死でこらえながら、それでも写真をめくる手は止まらなかった。

＊

「それでは皆さん、湾岸第二小学校開校十周年式典、お疲れさまでした。言いたいことは山程あると思いますが、とりあえず、乾杯！」

　綾子がシャンパングラスを掲げると、その場にいた十人が一斉に乾杯を唱和した。グラスになみなみと注がれた黄金色の液体を、泡ごと流し込む。傍らにいる平田さやかも、伊地知理恵も、同様に一気に飲み干していた。シャンパンの泡が全身にしみわたり、この数週間の疲れが一瞬で吹き飛ぶようだ。土曜日の昼間から飲んでいるという背徳感が、味を一層際立たせる。

　ローゼスタワーのパーティールームのテーブルの上には、デリバリーしたピザや惣菜、寿司桶が並んでいる。これまでＰＴＡの雑務に追われていた分、今日の打ち上げはすべて手抜きでとことん楽しようというのは、綾子の提案だった。

「区長だか区議会議長だか知らないけど、ほんっとうに話長かったね」

理恵がこうため息をつくと、

「自治会長だか民生委員だか知らないけど、あのオジサンたち、こっちからしたらあんた誰？　って感じなのによくあんなに喋ることあるよね」

とさやかが追随する。PTA会長という立場上、笑ってはいけないかもしれないが、綾子も思わず苦笑してしまう。開校十周年を祝うというコンセプト自体は素晴らしいものだと思うが、式典や祝賀会の実態はといえば政治家や地域の有力者、歴代校長らのありがたい挨拶が中心で、子供たちを無視した、オジサンたちの憩いの場となっていた。

「来年は十周年の周年行事があるけど、頑張ってくださいね」

PTA役員引き継ぎのとき、前任の会長が何やら意味ありげに力を込めていた意味がわかったのは、後になってからだった。今回の式典開催にあたり、総動員体制のPTA役員には、記念品の発注、祝賀会のケータリングの手配から受付や誘導まであらゆる仕事が次々と降ってきた。社交的なタイプの綾子はもともとPTA活動が苦ではなかったが、これにはさすがに参った。

「学校の先生たち、忙しいっていう割に仕事の断捨離ができてないよね。うちの銀行よりも無駄が多い組織、はじめて見た」

さやかが自虐ネタを絡めて学校の体制を批判すると、場がドッと沸いた。さやかが勤務するいなほ銀行は不正融資問題の責任を取る形で、頭取が先日辞任したばかりだ。いなほ銀行の硬直的な体制は経済メディアのみならず、ワイドショーや週刊誌の格好のネタとなっていたが、確かに湾岸第二小学校の教員陣も負けず劣らずひどかった。

事なかれ主義の教師たちは何を聞いても「前例踏襲でお願いします」としか言わなかったが、そもそもタワマンの建設ラッシュに伴う児童の増加で湾岸第二小学校が開校したのが十年前。前例もなにも、はじめてのことだらけでＰＴＡ側が手探りでやるしかなかった。この数週間、綾子は玲奈のピアノの送り迎えもできず、家事も手が回らないので、ヘルパーさんを雇って対応したほどだった。

「うちは帰国してまだ一年しか経ってないから何もかもはじめてだったけど、日本のＰＴＡって思ってた以上に大変ですね」

端の席に座る、小坂瞳（こさかひとみ）が深々とため息をついた。今年はじめにアメリカから家族で引っ越してきた瞳は、訳もわからぬままＰＴＡ役員会に組み込まれ、十周年行事実行委員長という大役を押し付けられていた。

「アメリカってＰＴＡとかないんですか？」

興味本位で聞いてみる。小坂家はサンフランシスコ帰りだと聞いた。昔、新婚旅行で見たゴールデンゲートブリッジやアルカトラズ島のイメージしかない。目の前で遠慮がちにクラッカーをかじっている小柄な女性と、どうしても結びつかない。

「うちの子が通っていた学校にはPTOっていう保護者のボランティア組織があって、社会活動のためのドネーションとかバザーとかあったけど、日本みたいにガチガチで形式張ってなかったですかね。あと、母親だけじゃなくて父親も参加してました。今日も女子会みたいで楽しいけど、PTAの役員会に参加したら女の人しかいなかったから最初はビックリしましたよ」

瞳が説明すると、

「そうなんだー、意外」

「アメリカ方式良いね、うちの旦那なんて、PTAを主婦の集いと勘違いしてて腹が立つわ」

とあちこちから声が上がる。みんな、日本のことしか知らないので、アメリカの学校事情に興味津々だ。

「そういえば小坂さんちの娘さんって帰国子女だよね、中学校はどうするの？」

少し酔ってきたのか、顔に赤みがさしたさやかが中学受験の話を振る。気がつけば十一月、もう受験本番は三ヶ月後だ。小六の母親にとって最大の関心事とあって、その場の全員が一斉に聞き耳を立てる。

「うちは一応帰国子女向けの塾に通わせてるんですけど、もう帰国子女枠の受験は始まってるから大変で」

瞳の返答に、場がざわつく。一般的に、中学受験といえば一月下旬に埼玉県や千葉県で始まり、東京や神奈川を含む、いわゆる受験本番は二月一日からだ。まだ十一月になったばかりであることを考えると、随分早い。

「サンフランシスコでも一応補習校に通わせてたんだけど、うちの子は日本語も怪しいし、四教科なんて絶対無理だから。英語試験がメインで、縁があるところに引っかかれば良いかなって。どこの学校が良いのかもよくわからないし」

未知の世界の話に、みんながへえと感心する。近年、経済のグローバル化に伴い英語教育に力を入れている中学校が増えているとはよく聞く。帰国子女を集めてグローバル教育に力を入れている学校の進学実績が良くなり、最近では昔ながらの名門校である御三家を蹴って進学する子供もいると隆の通う塾であるブリックスが配布する冊子「ぶりりあ」に書いてあった。我が家には関係ない話だと話半分に読んでいたが、海外帰りだと入試の時点で入り口が違うとは知らなかった。

「そういえばうちの娘が言ってた、小坂さんちの沙羅(さら)ちゃんって英語ペラペラなんでしょ?」

「聞いた聞いた、英語の授業でALTの外国人の先生が喋るのが早すぎて、担任の先生がわからなくなっちゃったときに通訳してたって」

小五の冬に海の向こうから突如やってきた、流暢(りゅうちょう)に英語を操る帰国子女の女子。どこの家庭でも、食卓の話題にあがっていたのだろう。綾子も少し前、「一人だけ英語のレベルが違う子がいる」という話を隆から聞いたことがある。隆は小四で英検二級を取り、当時通っていた英会話教室では「うちの教室始まって以来」と騒がれたほどだ。寡黙だが意外と負けず嫌いなところがある隆があっさり白旗を上げるなど珍しいなと、印象に残っていた。

「そういえば小坂さんちって旦那さん、何されてるんでしたっけ?」

あまり下品にならないように、それとなく詮索してみる。

「うちの旦那はエンジニアで、大学出て以来ずっとあっちの現地企業で働いてたんですよ。私も日本で暮らすのが十数年ぶりとかいうレベルなんで、もう家族揃って浦島太郎状態」

「え、旦那さん海外の大学出てるの? すご!」

「どこどこ? え、スタンフォード? 私でも聞いたことある!」

さっきまで子供の受験の話をしていたはずが、海外大卒で世界を代表するIT企業本社勤務のエリートという新情報に、場は大盛り上がりだ。大手企業のサラリーマンが集う湾岸のタワマンでは、外資系IT企業の日本法人に勤めている人は珍しくない。しかし、本社勤務となると格が違う。しかもスタンフォードといえば、世界でもトップクラスの大学だ。海外事情に疎い綾子だって、その凄さはなんとなくわかる。

「じゃあそのスタンフォード卒の夫……長いな。よし、スタンフ夫でいこう。スタンフ夫とはどこで出会ったの?」

シャンパンからワインに変えたさやかは既にだいぶ出来上がっており、居酒屋で若手の後輩に絡むお局社員のようだった。

「どこで出会ったって、小学校からの同級生だから全然大したことないですよ」

幼馴染みとの、太平洋を股にかけた超長距離恋愛。淡白な生活で娯楽に飢えた母親たちの格好の餌食だ。瞳が何か口にするたびに場は大盛り上がりで、十周年記念行事の打ち上げはすっかり小坂家の話を肴にした女子会の様相を呈していた。

「ちょっと検索してみたけど、スタンフ夫ってこの人？」

さやかが何やらスマホで検索すると、ネットメディアでのスタンフ夫の対談記事が出てきて場の盛り上がりは最高潮となった。日本の高校を卒業後、東大を蹴って単身スタンフォード大に留学。世界中から才能が集まるアメリカのＩＴ産業で実績を残した天才エンジニアと紹介されていた。「子供には日本人としてのアイデンティティを持って、バイリンガルだけではなくバイカルチャーに育って欲しい」と、家族のために一念発起して自らベンチャーキャピタルを立ち上げて凱旋(がいせん)帰国。日米を繋ぐ投資家として、日本のベンチャー企業への投資を通じて日本経済の底上げを目指しているという。

「もう凄すぎてうちの旦那とは別世界の住人みたい」

「いいなー、私も一回でいいからアメリカ駐妻(ちゅうづま)になりたかった～」

みんな、好き放題言っている。場の流れに押され、綾子も自分のスマホでそのサイトを開いてみる。誰もが羨むような輝かしいキャリアに固執することなく、閉塞感のある日本社会をアップデートすると意気込む姿は、そこらへんのサラリーマンとは明らかに違った。

「将来は日本の教育も変えたいですね。久々に帰国してビックリしたのが、東京の小学生は毎日のように塾に通って、毎日何時間も勉強しているんですよ。そこまでやって何を目指すかというと、医学部なんだと。日本経済も日本企業も先行きが怪しいから、高給で安定している医者を目指す。その発想が貧しいですよね。トップ層の優秀な子供たちが親に言われるがままに偏差値だけ高い中学校に入って、医学部に進学する。そんなの社会的な損失だって、誰かが言ってあげないと。今、どこの国でも優秀な若者はみんな起業で世界を変えようとしていますよ」

スティーブ・ジョブズを彷彿(ほうふつ)とさせる黒いタートルネックや丸眼鏡だけでなく、シリコンバレーという権威をも身にまとい、ろくろを回すようなポーズで写真に収まるスタンフ夫。雄弁に語る姿は日本社会を、そして高杉家そのものを否定しているように見えた。対談相手の新興ニュースメディアの編集長も同調し、

「日本の医者、特に開業医が高給なのは世界的に優秀だからという訳ではなく、ただの既得権益ですからね。優秀な若者は小坂さんのような海外の視点を持った人の背中を見て、社会保障制度に寄生するような生き方ではなく、イノベーティブな方向にピボットして欲しいですね」

と全面肯定している。代々医師の家系で裕福な暮らしをしている高杉家、そしてそこに嫁いだ綾子に対して「既得権者」というレッテルを貼られたような気がして、血の気が引いた。

平静を装いながら、スマホをテーブルに置く。軽く深呼吸を一つ。あまり気分が良いものではないが、目の前の瞳が喋った訳でもないし、いちいち目くじらを立てるような話ではない。さりげなく話題を十周年記念式典に戻すべく口を開こうとした瞬間、さやかの甲高い声が部屋に響き渡る。
「ええ、小坂さんちってシーバスタワーの最上階なの？」
酔った人間が出す無遠慮な声量も、その無神経な内容も、綾子を苛つかせるには十分だった。打ち上げの会場であるローゼスタワーのパーティールームの窓からも見える、ひときわ巨大なタワマン。昨年竣工したシーバスタワーだ。

「湾岸の頂点に、住まう。 ～天空の邸宅(レジデンス)との邂逅(リユニオン)～」

数年前、こんな出来損ないのポエムのような広告を記したポスターがそこかしこに貼られるようになったときに嫌な予感がしたが、シーバスタワーはローゼスタワーよりも数メートル高く、二百メートルを超えるその佇まいは高杉家のリビングの窓から嫌でも目につく。せっかくの最上階なのに、レインボーブリッジが部分的に見えなくなるなど、自慢の眺望が少し悪くなったことも気に食わなかった。駅直結でもないタワマンのわざわざ最上階に住むなんて、馬鹿か煙のどちらかに違いないと自分に言い聞かせていたが、その住人が目の前で大トロの寿司をつまみに白ワインを飲んでいるとわかり、さらに嫌な気分になった。大体、その大トロは私が今日のために、懇意にしている寿司屋の大将に頼んで握ってもらったものだ。アメリカ暮らしが長いのならば、大人しく冷めたピザでも食べていて欲しい。

「最上階っていっても全然大したことないよ。景色なんて三日で飽きるし、アメリカの家のほうが全然広かったし」

瞳が大袈裟に手を横に振って否定する。毎晩、夜景を見ながらうっとりしている綾子がまるで道化のようだ。頭のてっぺんから爪先まで純日本人のくせに、寿司をスゥシィと言わんばかりの無駄にアメリカナイズされた仕草も憎たらしい。

「えー、今度おうち案内してよ。高杉さんちも凄かったけど、シーバスのほうがもっと標高高いんでしょ。炊飯器でちゃんとお米炊けるのかなあ」

誰かが無神経な会話を続けている。これではまるで私が引き立て役ではないか。どいつもこいつもタワマンといっても低層階の、ウサギ小屋のような狭い部屋に住んでいるくせに。

「でもアメリカ生活も大変だったでしょう。仕事がある旦那さんはともかく、言葉も違う国で一人っていうのは大変そう」

話題を変えようと、同情するふりをして少し意地悪な質問をぶつけてみる。読者モデル時代の友人が商社勤務の人と結婚してニューヨークに転勤したものの、まったく言葉が通じずにノイローゼになり、ずっと家に引きこもっていたという話を思い出した。シリコンバレーだかイノベーションだか知らないけど、たまたま旦那が凄かったというだけでしょう。

そんな思いを言葉の端々ににじませることで行き場のない鬱憤を晴らそうとするが、瞳はこともなげに
「今となってはむしろ日本のほうが慣れないですねー。あっちでは沙羅の同級生の親と一緒に保護犬のボランティア団体を立ち上げて運営してたんですけど、日本だとそういうのもなくて。家にいても暇だし、中学受験が終わったら資格取って通訳でもやろうかなと思ってるんですけど」

と答えるので、さらにイライラが募るだけだった。

「へー、すごい！　英語喋れるの？」

「ペラペラとまではいかないけど、なんだかんだ十五年以上いたから」

「え、大学どこ？　え、青山学院の英米文学科？　すごい、うちの娘も青学中等部が第一志望だよ」

「わかるー、女子の場合、ＭＡＲＣＨの附属に入れたら一丁上がりって感じだよねー」

瞳を中心に、ワイワイと盛り上がる一団。気がつけば、綾子以外はみんな、打ち解けて丁寧語でなくなっている。最年長の綾子に気を遣っているのかもしれないが、これでは私が浮いているみたいじゃないか。苛立ちを収めようと目の前のワインの瓶を手に取るが、既に空っぽだった。

「綾子さ〜ん、このワイン、美味しいですねえ」

トロンとした目つきのさやかが絡んでくる。私のワインを飲み干した犯人はこいつか。

「カリフォルニアっていったらオーパス・ワンですよね。綾子さんのワインセラーにないんですかぁ？　せっかくだし開けちゃいましょうよぉ」

なんで私の秘蔵のワインのことを知っているんだ、冗談じゃない。グデングデンに酔ったさやかの視線は虚空を彷徨(さまよ)っているが、果たして記憶は残っているのだろうか。ここまで乱れるとは、普段の生活でよほどストレスでも溜まっているんだろう。

「隆君は最近どうですかぁ？　充は隆君と同じ学校行くんだって張り切ってたんですけど、さすがに現実的じゃないかなってぇ。ブリックスの志望校別冬期講習、筑駒・開成コースは諦めて、慶應か早稲田のコースに切り替えるか悩んでるんですよぉ。もう進路変更するなら今しかないかなあって」

さやかが唐突にぶっちゃけ始めた。さっきから薄々気づいていたが、さやかは絡み酒だ。それも面倒くさいタイプの。

「え、充君も附属校狙い？　大学受験パスしたくなる気持ち、わかるー、もう二度と受験生の親なんてやりたくないよね」

面倒くさいさやかの話に乗っかってくる、面倒くさい女たち。子供たちがブリックスの土曜特訓で必死に勉強している間、母親たちが昼からベロベロに酔っ払ってこんな会話をしていると知ったらどんな表情をするのだろうか。

「じゃあ高杉さんちには期待かかりますね、まあ隆君なら東大でもスタンフでも大丈夫でしょう！」

「良いですね〜、スタンフ。将来、うちの娘を貰ってくださいよ〜。私もサンフランシスコに帰りたーい」

気がついたら瞳まで陽気に酔っ払っている。打ち上げの解放感のせいか、ワインのせいか、綾子以外、誰一人として正気を保っている人間がいない。ワインの匂いが充満した空間で、綾子は一人、ちっとも酔えないまま窓の外を見つめていた。しっとりとした大人の女子会を開催するつもりが、場末のスナックのようだ。こんな風になるんだったら、もっと安いワインを提供しておけばよかった。

窓の外では、シーバスタワーが太陽の光を反射してギラギラと光っており、その威容を示していた。綾子は部屋の喧騒をよそに、その光をぼうっと見つめていた。

＊

「お祖母(ばあ)ちゃん、お誕生日おめでとう」

玲奈が両手いっぱいの花束を渡すと、皺だらけの高齢女性の顔がさらにしわくちゃになった。赤、オレンジ、ピンクと色とりどりの花は、十一月の誕生花であるガーベラだ。

「私が花屋で選んだんだよ」

と玲奈が誇らしげに胸を張る。一方、隣にいる隆は何を言うでもなく、手持ち無沙汰な様子でまごついている。年齢に関係なく、娘のほうが息子よりしっかりしているというのは本当だ。綾子は子供たちの様子をしげしげと見ながら、改めて納得していた。

「玲奈も隆もありがとうねえ。お祖母ちゃんもそろそろお迎えが来るかと思ってたけど、まだ長生きできそうだわ」

微妙なブラックジョークを飛ばす義母と、どう返そうかとまごつく孫たち。部屋になんとも言えない空気が流れる。

「お義母さん、また冗談ばっかり。まだまだお若いじゃないですか」

綾子はさっと助け舟を出す。高齢者の自虐ネタは対応に困るので、たとえ身内であっても勘弁してほしい。隣をチラリと見ると、夫の徹は何が起こったのかも気づいていない様子で、ニコニコ笑っていた。代々続く開業医の息子として純粋培養された徹は、どんなときも笑っている。優しいを通り越して、単に鈍いだけなのではないか。綾子は軽くため息をついた。

義母の和子の七十五歳の誕生日ということで、高杉家が集まったのは銀座にある由緒正しい中華料理店の個室だった。

「この店は先代からずっと使ってるけど、私がはじめて来たときから味が変わってなくてねえ」

和子が饒舌に語る。毎年、この店に来るたびに聞かされているので、隆も玲奈も「またこの話か」と飽き飽きした表情だが、和子は一切気にしない。もともと他人の話を聞かない人だったが、義父が三年前に亡くなって以来、その傾向が加速している気がする。ブレーキとアクセルを踏み間違えた自動車のように暴走する高齢者、それを冷たい視線で見守る家族。

「母ちゃん、そんな昔の話なんて誰も興味ないって。みんな聞き飽きてるし、そろそろ始めようぜ」

弛緩(しかん)した空気をぶち壊す、遠慮ない発言。声の主は和子の正面に座る、徹の弟の高杉豊(ゆたか)だ。耳が隠れるほどの長髪に無精髭、何年か前のフジロックのTシャツ。どこからどう見ても、この場に似つかわしくない。乾杯を待ちきれなかったのか、ビールグラスの中身は既に半分まで減っている。

「あんたも少しは我慢しなさい、つくづく育て方を間違えたわ」

こう嘆きながらも、どこか和子は嬉しそうだ。男児は生まれた瞬間に医師になることが義務付けられる高杉家だが、徹より三歳年下の豊は「兄貴が医者になるなら俺はいいでしょ」と医学部に進まず、米国の大学に進学。卒業後に世界を放浪した後、起業しては会社を畳んだり売ったりして、また起業するということを繰り返している。山っ気が多く、四十歳を超えても未だに落ち着かないドラ息子。いかにも裕福な家庭の末っ子という感じだが、出来が悪い息子ほど可愛いのか、不思議と和子は豊に甘い。悪態をつきながらも、その視線からも、口調からも、愛情がにじみ出ている。

「おいおい、母さんの誕生会なんだから、母さんのペースで喋らせてやれよ」

そんな豊とは対照的に、跡継ぎとして両親の期待を一身に背負ってすくすく育った長男の徹は、人当たりは良いものの、どこかズレている。優等生だがどこか空気が読めない兄と、奔放に育った自由な弟。ありとあらゆる点で正反対な兄弟だが、不思議と兄弟仲は良いようだ。もっとも、いつもペースを握るのは弟の豊だった。

「そういや隆は小六だっけ、まだ受験勉強やってんの？　医学部目指すなら中学入ってからも勉強しなくちゃいけないから大変だよな」

前菜で出てきたザーサイをビールで流し込みながら豊が問いかける。乾杯を待たないどころか勝手に一人で始めており、そこだけ街角の中華料理屋のようだ。急に話を振られた隆がまごついていると、

「隆はあんたと違ってちゃんとした良い子なんだから、余計なこと言って困らせないの！」

と和子が割って入る。バツイチの豊に子供はおらず、高杉家では隆が唯一の男児だ。一族の跡取りとしての期待は、和子の中ではちきれんばかりに膨らんでいる。

「隆はね、ブリックスでも全国で一桁の順位をキープしてるのよ。日本の小学生でトップクラスなの。筑駒や開成はもちろん、このままいけば東大理三も狙えるんだから」

昔とった杵柄というやつだろうか。七十五歳になってもなお、和子は有名中学の偏差値と進学実績を毎年仕入れては情報をアップデートしている。先日訪れた白金高輪の高級老人ホームの部屋には、サンデー毎日の医学部合格ランキング特集号が置いてあった。きっと、自慢の孫がどれだけ優れているか、この調子で周囲に吹聴して回っているのだろう。当の隆は恥ずかしそうにうつむいている。

「へー、大したもんだね」

豊がこう感心すると、我が意を得たりとばかりに和子のスイッチが入った。

「小学校受験は残念だったけど、天現寺の学校も、九段の学校も、見る目がなかったのよ。まあ今となっては、もっと上の学校を狙えるんだから、逆に落ちて良かったかもしれないけど。ねえ綾子さん」

思わぬ方向から話を振られて、今度は綾子が慌てふためく。六年前、隆が小学校受験で全落ちしたのは今もなお、綾子の人生最大のトラウマだった。

「ペーパーテストも絵画も抜群なんですけど、隆君の場合、積極性や運動をなんとかする必要がありますね……」

隆を通わせていた小学校受験の対策塾では、同じことを繰り返し講師から聞かされた。ペーパーテストも絵画も、講師に言われたことを吸収して模範解答を導き出すことにかけては他の追随を許さない隆だったが、内気な性格は何を言っても変わらず、遊んでいる様子を見る行動観察テストでは何度注意しても隅のほうでモジモジしていた。父親譲りの運動神経も致命的で、体操では一人だけテンポが遅れていた。結局、国立小も有名私立小も全滅で、和子の怒りは母親である綾子を直撃した。

「短大卒の綾子さんにはわからないかもしれないけど、医学部を目指すレースというのは子供の頃から始まってるんですよ？　これで隆が出遅れたらどうするつもり？」

和子の言葉には、ハッキリと「お前のような嫁は高杉家には相応しくない」というメッセージが込められていた。大切に育ててきた息子を、なんでどこの馬の骨ともわからぬ、売れない芸能人上がりの小娘に奪われないといけないんだ——。結婚前からそんな態度を言外に匂わせて綾子に強く当たっていた和子の、凍りつくような視線。あの日以来、綾子は子供の教育はすべて外注するようにしている。隆の家庭教師も、玲奈のピアノ教師も、全部プロに任せれば良い。幸い、金はあるんだ。それで文句ないんでしょう？　呑気に隆の偏差値で喜ぶ姑(しゅうとめ)に対し、心の中で悪態をつく嫁。いかにも名家に相応しいじゃない。

隆を小一からブリックスに通わせ、宿題のために家庭教師をつけていることについてママ友の間では「やりすぎ」と陰で言われていることは知っている。しかし、同じ失敗を繰り返すわけにはいかない。高杉家の嫁として、隆の医学部進学は必達目標なのだ。万難を排する必要がある。

「そうですね、ブリックスの先生からも、隆は体調さえ気をつければ大丈夫だとお墨付きをもらっています」

溢れ出る負の感情を腹の中にしまい込んで、綾子は精一杯の笑顔で返す。国立大の医学部附属看護学校を卒業して開業医のもとに嫁いだ和子の持つ、医師免許に対する強烈な思いを綾子は一切理解できない。しかし、高杉家に嫁いだ以上、この問題は避けては通れない。受験本番まであと三ヶ月、なんとか隆には頑張ってもらわねば。

本人不在で話が進む中、隆はどう反応したら良いのかわからず、まごついている。我が子ながら、いかにもガリ勉の小学生といった雰囲気だ。頭脳が国立大医学部卒の徹に似てくれたのは良かったものの、外見や中身まで似せなくても、と綾子は思う。思えば他界した徹の父も、寡黙な人だった。

「しかし今から医学部行っても割に合わなくない？　少子高齢化で、もう国家財政、持たないっしょ。人を救いたいならテック産業のほうがホットだぜ」

豊が茶々をいれるように口を挟む。どのような遺伝子の悪戯か、豊は高杉家の男で唯一、違う空気をまとっている。外見からして野暮ったい父や兄に似ずシュッとしているし、歯に衣着せぬ直言も、人を喰ったような喋り方も、本当に徹の弟かと疑うほどだ。

「あんたは黙ってなさい、エンジニアだか起業家だか知らないけど、何やってるのかわからない人種と隆は違うのよ！」

和子がピシャリと撥ねつけるが、豊はニヤニヤしている。

「母ちゃんは相変わらずだねえ。これからの時代はテックよ、テック。高齢者にはわからんかもしれないけど、人のやることを全部ＡＩが置き換えていく時代なのよ。医者の業務だってそのうちＡＩに代替されるぜ。隆も受験勉強ばっかやってないで、アメリカ行って広い世界を見てくれれば良いのに」

得意気にベラベラ喋る豊、顔を真っ赤にして突っかかる和子。二人のやり取りを見ながら、綾子は先日のＰＴＡの打ち上げを思い出していた。医者を目指すのは時代遅れだ、日本の若者よ、世界に出ろ――。スマホの向こう側で自信満々に語りかけるスタンフ夫のメッセージが頭に浮かぶが、頭を振り払う。余計なことは考えるな、隆は筑駒か開成に行って、そのまま医学部に進むんだ。

そんなことを自分に言い聞かせる綾子の隣で、隆がおずおずと口を開く。

「叔父さん、アメリカって、そんなに違うの？」

「おお、全然違うぞ。なんせあっちは世界中から優秀な奴らが集まってくるからな。ハングリー精神もあるし、すごいぞ。偏差値至上主義で、大学に入るのがゴールの日本とは別世界よ」

「あんたはまたそんなこと言って、隆を悪の道に引きずり込もうとしないの！」

「悪の道って、相変わらずひでーな母ちゃん」

隆をほっぽりだして始まった豊と和子の親子漫才のような掛け合いを見ながら、綾子は気が気ではなかった。隆の目に静かに宿る光。これは、憧れだ。小学校のとき、法事に顔を出した親戚から東京の話を聞いているときの自分の姿が蘇る。敷かれたレールとは別に道があると気づいたときの、希望の光。それを見逃さなかったのは母親だからか、それとも隆にかつての自分を重ねているからか。

「いやー、豊はさすがだな。俺もテクノロジー系には疎いけど、確かに医療領域も変わってきてるよ。最近の中学や高校はそういった分野の経験もできるみたいだし、隆も受験終わったら色々教えてもらえよ」

狙ったのか天然なのか、母と弟の互いの顔を立てる形で徹が話を締めにかかったことで、場の空気が和らいだ。梯子を外された形となった隆が今どんな顔をしているのか、綾子は怖くて見ることができない。

「失礼します、こちら、フカヒレの上湯煮込みでございます」

タイミング良く部屋に入ってきたウェイターがうやうやしくテーブルの上に料理を置く。琥珀色の液体に浮かぶ、黄金の三日月。玲奈が歓声をあげる。

「うわあ、すっごい美味しそう！　お祖母ちゃん、私、これずっと楽しみにしてたの！」

父親似の隆と違って、玲奈は明らかに綾子似だ。いかにも子供らしい大袈裟なリアクションで、意図的に場の空気を一瞬で変えた。とても家を出る直前まで「白金のお祖母ちゃん、いつも昔話と自慢話ばっかりで苦手なんだよね」と愚痴っていたとは思えない。

隆と違って要領の良い玲奈は小学校受験で護国寺にある国立大附属の小学校にあっさり合格し、現在は勉強もそこそこにピアノに熱中する日々を送っている。平日三時間、休日六時間の練習を欠かさない生活で、毎週のように莫大な量の宿題が出るブリックスなどとても通う余裕がない。

隆の勉強にはあれほど口うるさい姑だが、不思議と玲奈については何も言ってこない。むしろ、ピアノのコンクールで賞を取ってくるたびに大喜びしている。兄が家業である病院を継ぎ、妹が芸術方面で才能を発揮するというのは、高杉家のような名家にとっては収まりが良いのだろうか。玲奈もそれを理解しているのか、暇さえあればピアノばかり弾いている。

「そういや玲奈は将来どうすんの？　医者目指すの？　それともピアニスト？」

スープがたゆたうれんげを口に運びながら、豊が問いかける。

「えー、そんなの決まってないよ。まだ四年生だもん。でも医者は絶対嫌、オジサンのおしりとか見たくないし」

玲奈の予想外の回答に、思わずむせ返ってしまった。高杉家が代々継いできたクリニックは肛門科だ。確かに、小学生の女子が憧れる職場ではないだろう。徹も苦笑している。

「玲奈、そういうことを言うんじゃありません！　亡くなったお祖父ちゃんも、ひいお祖父ちゃんも、それはそれは立派な先生だったんですよ。うちの病院がどれだけの患者さんを救って、感謝されてきたことか……」

和子が真面目に玲奈を諭す姿が面白かったのか、豊は大笑いしている。

「はは、そりゃそうだよな。しかしそうなると隆は大変だな。長男君よ、跡継ぎ、頑張ってな」

「またあんたはそんなこと言って。誰のおかげでアメリカの大学の高い学費を払ってもらえたと思ってるの！」

玲奈への説教が終わらないうちに、今度は和子が豊を叱り始めた。この人は、子供や孫を叱っているときが一番元気だ。七十五歳になっても、まるで衰えが見えない。

玲奈の失言を機に「綾子さんは一体どんな育て方してるの」と飛び火しなくて良かったとホッとする。玲奈に「余計なこと言ったら駄目でしょ！」と視線を送るが、玲奈はそしらぬ顔で料理を口に運んでいた。生真面目な上の子と、自由な下の子というのは高杉家特有のパターンなんだろうか。

ふと隆を見る。そこには先程までの目の光はどこへやら、すべてを諦観したような虚ろな視線で座っている子供がいた。心ここにあらずといった感じで、叔父と祖母の口喧嘩を聞いている。隆がいま何を考えているのか、綾子は痛いほどわかる。それでも、見て見ぬふりをしなければいけないのだろうか。隆の母である前に、高杉家に嫁いだ嫁である私は。隣に座る徹は相変わらず何も気づいていない様子で、ニコニコしながら次の料理は何だろうかとメニューを確認していた。息が詰まるようなこの場所から、今すぐにでも逃げ出したい。でも、どこへ？　行き場のない思いを胸に、綾子にできるのは少しぬるくなったビールを喉に流し込むことだけだった。

＊

「えー、今年はメドレーじゃないの？　ＮＨＫ、センスなーい」

テレビで流れる紅白歌合戦にかじりつきながら、玲奈が文句を言っている。お気に入りの男性アイドルグループの持ち歌が一曲しか流れないことがよほど不満らしく、曲が始まってからも
「この曲、ＮＨＫのドラマの主題歌だから選ばれたんでしょ、ファンの気持ちを無視して大人の都合で話を進めないで欲しいよね」

とプリプリしながらテーブルでみかんの皮を剥いている。綾子も若かりし頃、男性アイドルにキャーキャー言っていた時期もあった気がするが、今となっては新たにデビューするような子たちは全員同じ顔にしか見えない。そもそも、前回の紅白もつい最近だった気がする。年を取るということは、つまりそういうことなのだろう。

紅白の内容よりも、つい最近までハイハイしていた玲奈が一人前に推しのアイドルを作ってテレビの前で歓声を上げている姿に成長を感じる。一方、隆は年の瀬の喧騒をよそに、リ

ビングのソファで何やら小難しい本を読んでいる。表紙に書かれた、機械工学という題字が見える。先日寄った本屋で買って欲しいと言われたものだが、一体、そんなものの何が面白いのだろうか。ＰＴＡなどで知り合う同級生の母親はみんな、子供を漫画やゲームから引き離すのが大変だと愚痴っているが、隆に限っては漫画もゲームも友達付き合いで嗜む程度。暇な時間があっても、机に向かうか本を読むかだ。我が子ながら、妙に老成している。

「今年は家だから楽でいいねー、お兄ちゃん、毎年受験してくれればいいのに」

玲奈がポロッと不穏なことを漏らす。例年、高杉家では大晦日(おおみそか)から正月にかけて軽井沢の別荘で過ごすのが習慣になっていた。それだけであれば問題ないが、玲奈にとって祖母、綾子にとって義母である和子がついてくることが頭痛の種だった。

「こら、そういうこと言っちゃ駄目でしょ！　白金のお祖母ちゃんだって群馬のお祖母ちゃんだって、あんたたちに会うのを楽しみにしてるんだから」

口ではこう言うものの、さすが我が娘、玲奈の意見に一〇〇％同意だ。今年は隆の受験を口実に正月の親戚付き合いを事前に断ったことで、久々に平穏な大晦日を過ごせている。綾子にとって、自分の実家である群馬はともかく、軽井沢が鬼門だった。義母である和子は「おせちは自分で作るに限る」という昭和時代の風習を頑なに守っており、長男の嫁である綾子も毎年、大晦日は台所で栗きんとんやら厚焼き玉子やらを作らされる羽目になっていた。おせちなんて、素人の料理よりデパートに頼んだほうが絶対楽で美味しいに決まっているし、女性が水仕事を一手に引き受けるなど女性蔑視で時代錯誤だ。それでも、嫁入りした手前、高杉家の伝統という錦の御旗を否定できる訳がない。毎年、大晦日の昼から台所で蒸したサツマイモを木べらで潰しながら義母の愚痴を聞かされる時間は頭痛の種だった。こうしてビールを飲みながら気ままに紅白のプログラムに茶々を入れられる大晦日、何年ぶりだろう。

「僕も昔、中学受験やったけど、小六の大晦日も別荘行ってた気がするけどなあ。最近の小学生は大変だね」

綾子の正面でウィスキーを飲みながら、徹が口を開く。受験本番一ヶ月前となり、隆が通う受験塾ブリックスは終盤の追い込みモードに入っている。小学校が冬休みに入って冬期講習が始まったかと思えば、そのまま間髪入れずに正月特訓が開始された。元旦を除き、毎日朝から夕方まで勉強漬けで、休みという概念をどこかに置き忘れてしまったかのようだった。中学受験生にはクリスマスも正月もないと聞いていたが、親として実際に体験してみるとなかなか強烈だ。

「僕らにとってはこれが当たり前だけどね。学校の友達もみんな通ってるし」

本から顔をあげ、隆がこともなげに言い放つ。さっきまで朝から一日中塾で勉強していたというのに、ちっとも疲れた様子を見せない。相変わらず、小学生らしからぬ落ち着きぶりだ。人生二周目なんじゃなかろうか。

「うへー、今どきの小学生はそんなに受験するんだ。僕の頃は私立を受ける奴なんて、クラスで一割くらいしかいなかったけど」

普段、仕事優先で子育ては綾子に任せっきりの徹が心底驚いた様子で反応する。東京の苛烈な中学受験事情は地方で育った綾子にとって未知の世界だが、中学受験経験者である徹にとっても同じように映るらしい。少子化にもかかわらず、受験産業はかつてない活況だという話を聞いたことがある。みんなが通っているからと、目的も曖昧なままに一度しかない小学校生活を勉強で塗りつぶされる子供たち。我が家も他人のことを言えたものではないが。

「みんな、そんな勉強ばっかりして頭おかしくならないの？　玲奈、絶対受験なんてしたくなーい」

紅白の打順が演歌歌手になって興味を失ったのか、玲奈が会話に割り込んでくる。玲奈の通う国立大の附属小学校はエスカレーター式で、八割はそのまま中学に上がる仕組みだ。ブリックスのような進学塾に通うのは少数派で、ピアノを最優先にしている玲奈のような子もいれば、スポーツに熱中している子もいる。中学受験で汲々（きゅうきゅう）としている湾岸第二小の子供たちに比べ、よほど自由で伸び伸びと個性豊かに育っている。自由に育つためには小学校に入る前に受験しなければならないという、東京という街の歪（いびつ）さが浮かび上がる。

「確かに、詰め込み式の日本の勉強方式は世界的に見ると時代遅れみたいだね。アメリカの試験ではペーパーテストの点数よりも、玲奈のピアノみたいに一芸を持っているほうが評価されるらしいし」

突然、隆の口からアメリカという単語が出てきたのでおやっと思った。誰の影響だろうか。先日のＰＴＡの打ち上げで話題に上がったスタンフ夫や、中華料理店で海外教育を熱く語っていた豊の姿が思い浮かぶ。

「へえ、よく知ってるね。ところでアメリカの話って、どこで知ったの？　ブリックスの先生はそんな話しないでしょ」

さり気なく、警戒心を持たれないように話を向けてみる。

「クラスの子が言ってた。みんなが一斉に塾に通ってる日本の文化はアメリカじゃ考えられないって」

クラスの子、ねえ。内気な隆が異性を匂わせる単語を持ち出してきたことに少し驚きつつも、平静を装って深堀りしてみる。

「へえ、そのお友達ってアメリカから転校してきた子？　小坂さんだっけ？」

ピンポイントでかまをかける綾子に対し、隆は「ん、そんな感じ」とモニョモニョしている。決まりだ。綾子の視線の先には隆ではなく、リビングの窓に映るシーバスタワー最上階で暮らすスタンフ夫と瞳、そして帰国子女の娘。知らず知らずのうちに、隆に少なからず影響を与えていることが明らかになりつつある。それもよくない方向に。

「帰国子女ねえ、親の都合で日本に帰ってきてもアメリカに未練たらたらな生き方も大変そうね」

親として駄目だとわかっていながらも、つい言葉の端々に毒を含ませてしまう。「親の都合」という言葉を発するとき、少し胸が痛んだ。隆は何か言いたそうな顔をしていたが、何かを悟ったように、静かに本に視線を戻した。


デパ地下で買ったおつまみを肴に、冷やした白ワインを流し込みながらダラダラと紅白歌合戦を見る。義母の自慢話に付き合わされることもない、久しく忘れていた至福のひとときだが、子供たちにとってはあまり魅力的なものではないようだ。

「なんかオジサンとオバサン向けの昔の曲ばっかで飽きたー」と、年越しのカウントダウンに備えた昼寝で元気いっぱいの玲奈がわめくと、

「確かに去年と代わり映えしないし、保守的な編成だよね。高齢化が進んでいる中、変化を求めない視聴者の声に応えているんだろうけど」

と何やら達観した様子の隆が応じる。代わり映えしないことこそが紅白歌合戦の一番の良さなのに、と綾子は最近思わなくもないが、口に出すと玲奈にオバサン扱いされそうなので黙っておく。十歳の玲奈が口にする「オバサン」という言葉は、自分で自虐的に使うそれと違って、鋭利な響きを持つ。

「よし、それじゃあ年越しに合わせて初詣でも行こうか」

と、酔った徹が唐突にぶち上げた。普段から穏やかで、堅実という言葉を体現したような徹だが、酔うとたまに思わぬ行動に出る。ラウンジで会ったばかりの芸能人の女に一目惚れして、出会って半年でプロポーズするというのも今から思えばかなり思い切った決断だが。

初詣ねえ、埋立地である湾岸地区に神社なんてあったかしら、と思ったが、徹はスマホで何やら検索しながら、

「あったあった、深川のほうに歩いて行ける神社があるよ」

と嬉しそうだ。

「えー、カウコン観たかったのにー」

と文句を言っていた玲奈も、普段なら寝ている深夜の時間帯の散歩というイベントの魅力が勝ったのか、いそいそとレコーダーの録画予約を始めた。隆も意外と乗り気で、

「へえ、関東大震災と東京大空襲で社殿が二回も焼失しているんだ」

とタブレット端末で何やら調べている。ここで綾子が「えー、もう化粧落としちゃったのに」、と流れを止めようものならば子供たちから総攻撃を受けそうだ。行きがかり的に初詣に出かけることが決まり、慌ててパウダーをはたき、眉毛に線を引く。もう四十五歳、夜のコンビニ程度ならすっぴんでも外に出ることができた昔が懐かしい。

外の空気は澄んでいて、エアコンと鍋で緩んだ部屋とは正反対だ。先日新調したモンクレールのダウンに身を包んだ隆と玲奈の口から出る息が白く立ち上る。年末年始に合わせて

帰省している家も多いのか、湾岸のタワマン群が放つ光はいつもより少ない。高杉家と同じように初詣に出る家族も多いのか、路上は妙な賑わいを見せていた。内心、嫌々家を出た綾子だったが、あと少しで新年を迎えるという、少し浮き立った大晦日特有のこの空気は嫌いじゃない。

「あ、隆君！」

聞き覚えのある声が耳に飛び込んでくる。振り返ると、平田家の三人が並んでいた。ブリックスの冬期講習と正月特訓があるから、平田家も帰省しなかったのだろうか。隆と充はつい数時間前まで塾で顔を合わせていただろうに、出会った瞬間、ドッグランの犬のようにはしゃいでいる。

「あれ、みなさん勢揃いじゃないすか。初詣っすか？」

立ち話をしていると、伊地知家もロビーから出てきた。ドッグランではしゃぐ犬が二匹から三匹になった。普段、家では大人しい隆だが、こうやって友人とキャイキャイしてるときは普通の小学生男子だ。家で静かに本を読んでいる姿と今の姿、どちらが素なんだろうか。

「皆さん、どこに行くか決まってます？　うちは毎年深川なんすけど、せっかくだし一緒に行きましょうよ」

酔っているのか、赤ら顔の翔が嬉しそうに誘う。伊地知家は夫婦とも地元が東京だから、そもそも帰省という概念がないのだろう。馴染みの神社があるという時点で、いかにも江戸っ子っぽい。結局、高杉家四人と平田家三人、伊地知家四人で総勢十一人の思わぬ大所帯となった。

湾岸地区から深川までは距離にして二キロ超、歩いて三十分ほどかかる。犬のように無駄な動きで小学生男子三人がはしゃぐのを追う形で、一団は夜の道をてくてくと歩いていく。普段は運送用のトラックなどが行き交う大通りも車の往来はほとんどなく、初詣に向かっているであろう人たちの姿を街灯の光がぼうっと照らす。大晦日の夜、年に一度の独特の雰囲気だ。

「綾子さん、受験日程決めましたか？　うち、まだ決めきれてなくて」

道中の橋を渡っている途中、さやかが思いつめたような表情で尋ねてくる。志望校をどうするか、滑り止めはどこか、受験日程をどう組むか。受験生の親ならではの悩みだが、大晦日だというのに、さやかはそれしか頭にないといった様子だ。この煩悩は、除夜の鐘でも取り除けそうにない。

「うーん、隆の希望もあるだろうし、うちも少し様子見ようかなと思って」

我ながら白々しい。高杉家では志望校の選定も受験日の組み方も家庭教師にすべて任せているが、注文しているのはただ一つ、進学実績だけだ。それも医学部への。そこに個人の意志を挟む余地はない。

「隆君ぐらい出来が良かったら選びたい放題ですよね。充ったら全然軸が定まってなくて、

「今日もさっきまで親子でバトルしてましたよ」

さやかが心底疲れたという表情で愚痴る。確かに偏差値だけ見ればそうなのかもしれないが、職業選択の自由がない時点で、何をもって選びたい放題と言えるのだろうか。生まれる前から敷かれたレールを進むことを義務付けられた隆と、試行錯誤をしながら自分なりの正解を目指して悩む充、幸せなのは果たしてどちらなのだろうか。

「そっか、もう受験生は本番か。三学期になると学校に来ることも減るだろうし、琉晴も寂しいだろうな」

綾子とさやかの会話が途切れたのを待っていたかのように、隣を歩く理恵がポツリと呟く。そういえば以前、琉晴の兄の蒼樹が小学六年生の頃、受験シーズンになるとクラスの大半を占める受験生が学校を休み、残された数名で手持ち無沙汰な数日を過ごすことを余儀なくされたと理恵から聞いたことがある。

「蒼樹は食い意地張ってるから、給食お代わりし放題だって喜んでたけど」

と理恵は話していたが、実際の心境はどんなものだっただろう。ポケットに両手を突っ込んで、小六男子と大人たちの真ん中あたりを歩く蒼樹の横顔をチラッと見る。中学二年生のニキビ面は隆や充や琉晴に比べ大人びているようで、まだどこか幼さも残る。小学校低学年から偏差値至上主義を叩き込まれた子供たちが集まり、受験しないほうが少数派になるという歪な環境。残された側は何を考えているのだろうか。

「さやかちゃんも綾子さんも、学校変わっても遊んでくださいね」

理恵がおどけた雰囲気で、少し湿っぽくなった空気を自ら振り払う。ＰＴＡ活動を通じてつくづく感じたが、理恵はいつでも自然体で、地に足がついている。

「そうね、充が全部落ちたらまた中学校も一緒かもしれないけどね」

空気を読まず、ブツブツ呟いているさやかとは大違いだ。東京という街で、肩に力を入れず生きていくというのを実践するのは簡単ではない。地方出身で、無理して階層を移動した自分がこの先落ち着ける日は来るのだろうか。

「あ、屋台が出てる！」

誰かの声を合図に、小学生男子三人と中学生男子、それを追いかける形で玲奈が走り出す。いつもであればこういうときは綾子の手を離さない玲奈だが、こうして少しずつ大人になっていくのだろうか。

「迷子にならないように気をつけてよ！」

と声がけしないといけないほど、路上は人で溢れている。

「あちゃー、ちょっと出るの遅かったかな」

と翔。はしゃぎまわる子供たちを回収して神社にたどり着くと、既に行列ができていた。歩いているときは気にならなかったが、真冬の深夜の寒さが沁みる。ムートンブーツを履いているというのに、足の指先が冷えてきた。群馬で女子高生をやっていた頃はこのくらいの気温、全然平気で生足を出していた気がするが、身体がすっかり東京に慣れてしまった。

「しゃーないんで、とりあえず並びますか。自分、甘酒貰ってきますね」

翔がテキパキと動く。キャンプのときも思ったが、こういうときに徹も健太もただ突っ立っていて、いまいち使えない。大企業の社員や医者といった肩書きで長年生きていると、とっさの判断力がなくなるのだろうか。寒い中を並ばされ、悪態の一つもつきたくなる。

「あ、平田と高杉だ！　伊地知もじゃん。みんな集まって何やってんの？　超ウケるんだけど」

参拝を待っていると、少女の甲高い声が鼓膜を震わせた。声の主は、綾子が見たこともない少女だった。黒のスキニーパンツとオーバーサイズの白いボアジャケット、赤いニットというストリートスタイルは大人しめの女子が多い湾岸ではあまり見かけないものだ。

「何って、初詣に決まってるだろ、沙羅も？」

「お前、深夜なのにテンションたけーなー。アメリカ人かよ！」

陽の側の人間である充と琉晴がキャッキャとはしゃいでいるそばで、陰の側の住人である隆は女子が来たことで見るからに怯んでおり、黙ってしまった。母親として少しもどかしい。

「あら、綾子さんじゃないですか。あ、さやかさんと理恵さんも。ローゼスタワーの皆さんで新年会ですか？」

声とともに姿を現したのは、ＰＴＡで一緒だった瞳だった。沙羅という名前に聞き覚えがあると思っていたが、やはりこの少女は瞳の娘か。英検一級を保有する、サンフランシスコ育ちの帰国子女。外国人のような大げさな身振り手振りも、男子相手だろうが物怖(ものお)じせずに喋りかけるスタイルも、米国仕込みだとすれば合点がいく。

となると、瞳の隣にいるこの丸眼鏡が噂のスタンフ夫か。例のニュースサイトでは米国帰りの天才エンジニアにして新進気鋭の投資家と紹介されていたが、こうして目の前にすると、至って普通の中肉中背の日本人男性だ。

「瞳ちゃんも初詣だよね？　せっかくだし一緒に参ろうよ」

と理恵が誘い、四家族で列に並ぶことになった。

「え、この子どこの子？　うっそ、高杉の妹？　オーマイガ、超可愛いじゃん！」

大晦日の夜の神社の雑踏の中でも、沙羅の声はひときわ目立つ。小学生の集団の主導権を握っているのは、明らかに沙羅だった。充と琉晴が一生懸命自己主張をして対抗しているのに対し、沙羅に話しかけられるたびに耳を真っ赤にしてはにかんでいる隆。綾子は「男ならもっとシャンとしなさい！」と口を挟みたくなる衝動を必死で抑えていた。

「にぎやかな娘ですみません。はじめまして、沙羅の父です」

甘酒の蒸気で曇った丸眼鏡を拭きながら、スタンフ夫が自己紹介をする。

「いやー、ウチは長らく海外だったんで大晦日を日本で過ごすのは久々なんですけど、やっぱり日本文化は良いですね」

記事から勝手に膨らませていた強面のイメージとは違って、スタンフ夫は腰が低い、そこらへんの公園で犬を散歩させていそうな中年男性だった。

「へー、サンフランシスコ。じゃあバリー・ボンズ、生で見たことあるんすか？　うわ、めっちゃ羨ましい」

酔った翔の雑な絡みにもにこやかに応じる姿からは、日本社会をアップデートすると意気込んでいた人間と同一人物とはとても思えない。

「なんかスタンフ夫さん、物腰柔らかいね。もっとオラオラしてる肉食系かと思ってたけど」

理恵が綾子の気持ちを代弁するかのような感想を口にすると、

「だから言ったじゃん、ただのオタクよ、オタク。あれはインタビューだから格好つけてただけで、普段はあんな感じよ」

と瞳がどこか嬉しそうな様子で軽口を叩く。なんだ、勝手に敵視して少し悪いことしたかも。手にした甘酒のぬくもりと甘さも手伝い、肩から力が抜けていく。

気がつけば、子供たち、夫たち、妻たちとそれぞれのグループに分かれて盛り上がっている。妻グループはさながら女子会だ。

「え、もう沙羅ちゃん中学受験終わったの？　もう他の学校は受けないの？」

「うーん、もう本人が受験に飽きたって言ってるし」

「羨ましい！　私も早く受験から解放されたい！」

さやかは相変わらず、受験が頭の容量の大部分を占拠しているようだ。隣では男たちが紅白歌合戦で久々に歌っていた昔のアイドルの思い出話で盛り上がっており、子供たちの話題のテーマはお年玉の使い道だ。どこをどう切っても、煩悩だらけの私たち。この雑多な欲望まみれの東京で、私たちは今を生きている。

賽銭箱（さいせん）まであと僅（わず）かというところで、スマホ画面の待ち受け画面に0が並び、新年を告げる。

「あけましておめでとう！」

「今年もよろしくね！」

どこからともなく始まる新年の挨拶の波にもまれながら、そして遠くのほうで鳴っている除夜の鐘の響きを全身で感じながら、綾子は新年の願いをどうしようかと慌てて考え始めていた。新年を告げる風が、頬をかすめていった。

冬

第4章

高杉徹の決断

Determination of Toru

「だから皆さん、スケボーキッズを舐めたらいけません。あいつらはゴキブリと一緒です。一匹見つけたら百匹いると思わないと」

「器物損壊罪とか住居侵入罪でしょっぴけんのかね、まったく」

「警察はもっと機動的に動いてもらわんとな、最近は通報しても来ないことも多いじゃないか」

まだ年も明けたばかりでお屠蘇(とそ)気分も抜けていないというのに、ローゼスタワーの集会室で繰り広げられている議論は白熱している。会議の熱が伝播(でんぱ)したかのように、部屋が暑く感じる。高杉徹は眼鏡を外し、額の汗を拭った。

「あいつらの知能は猿並みですから、スケボー禁止の紙を貼ったりカラーコーンを置いたりしたところで意味はありません。監視カメラを置いたところで無駄です。あいつらが集まる所に警備員を常駐させるくらいのことはしないと」

「でも現実問題、警備員を増やすとなるとお金がかかりますからなあ。こないだ修繕積立金を上げたばかりだし、これ以上管理費を増やすとなると意見調整が難しい気が」

「まったく、警察は何をやってるんだか。我々がいくら税金払ってると思ってるんだ」

議論とは言うものの、先立つものがないのでこれといった対策はとれず、さっきから同じところを堂々巡りしている。もっとも、議論しているつもりの当人たちは大真面目なので、誰も口を挟めないまま漂流する会議。タワマン管理組合の議論はいつもこうだ。所得水準も世代も価値観も違う千世帯以上が集まる物件で、万人が納得する合意なんて簡単に導けるはずがない。

今日のテーマはスケボーだ。湾岸では最近、スケーターの存在が大問題となっていた。彼らは路上を滑るだけでは飽き足らず、ベンチや階段、手すりなどの障害物を使うため、湾岸地区のタワマン周辺のベンチや階段の手すりはどれも傷だらけになっていた。ローゼスタワーも例外ではなく、植栽を囲うレンガがボロボロになっていることがつい先日発覚したばかりだ。近隣の公園でも、スケボー禁止の張り紙があるにもかかわらず、若い連中が夜な夜なガシャガシャ音を鳴らしている。夜間の治安が悪くなるだけでなく、朝になると、スケーターたちが放置したと思われるコンビニの袋や弁当の容器などが路上に散らかっていることも珍しくない。

湾岸地区がスケーターの聖地として扱われる理由はいくつもある。まず、街全体が再開発されたため空間にゆとりがあり、スケボーに適しているという点が大きい。また、東京の高層ビル群という背景が映(ば)える点も、ネットに動画を投稿する若者にとっては重要なポイントだ。湾岸で撮影されたと思しき、東京の夜景を背景に華麗なトリックをキメる動画が国境を超え、数百万回も再生されたという逸話すらある。若者の間で高まるスケボー人気にあやかろうと、自治体がスケートパークを誘致するという構想も浮上している。

一方、住人にとってはたまったものではない。最近の湾岸では、夕方になると街のあちこちでスケボーに乗った若者が路上を滑っており、自転車や歩行者と接触しそうになることもしばしばある。公園や敷地内で滑っている若者を発見して一一〇番しても、警察官が駆けつけるまでの間に別のグループが他の場所で滑り始めるといった具合だ。警察からしても、すべてのスケーターを器物損壊罪の現行犯で逮捕する訳にもいかず、注意だけで終わっており、住民のフラストレーションは溜まっていた。

「だいたい、この平和な湾岸にスケートパークを誘致しようなんていう自治体が諸悪の根源なんです。スケボーキッズみたいな反社会的な連中に媚びる意味がどこにあるんですか。我々住民が一丸となって、政治に対して断固たる反対の意思を示さなければなりません！」

気がつけば、理事の一人がエキサイトして議論がおかしな方向に向かっている。ローゼスタワーでは管理組合の理事は持ち回りになっている。面倒な上に会議に時間をとられる理事になりたがる人間は少ないが、熱弁を振るうこの男は、自ら立候補したという変わり者だ。弁護士だというバックグラウンドとその持て余した正義感をたぎらせ、毎回のように理事会でスケボー対策を議題にあげ、熱弁を振るっていた。

「高杉さん、これ、知ってます？」

隣に座る平田健太がコソコソと耳打ちしながらスマホを見せてきた。たまたま理事になるタイミングが一緒だった健太も、持ち回りで仕方なく席についているだけだ。普段の会議中は徹と同じく一言も発することなく、時間が過ぎるのを待っている。

「湾岸の敵、スケボーキッズを見たら犯罪者だと思え！　スケートパークの建設を許すな！」

健太の掌のスマホには、強めの思想が漂ってくるツイッターの画面が表示されていた。アイコンの写真には湾岸のタワマン群の夜景が使われており、アカウント名は「湾岸サークル@ローゼスタワー」となっている。

「ローゼスタワー在住。ウィスキーと湾岸を愛する人たちで繋がっていきましょう♪」

こんな前向きなプロフィールとは裏腹に、少しスクロールすると延々とスケーターへの罵詈雑言（ばりぞうごん）が投稿されていた。

「公園のベンチの修復費用はスケートパークを誘致する政治家に負担させろ！」

「スケボーのせいで湾岸の資産価値が下がったらどうするんだ！　川崎でやれ！」

「湾岸地区に相応しいのは塾で勉強を頑張る子供たちであり、スケボーキッズのような愚か者とは違う！」

「スケボーをＣＭに使う企業の不買運動を我々でしなければ！」

自我の境界が拡張し、世界を包んでいるかのような強烈な攻撃性。強い言葉は共感を呼ぶ一方、反感も買う。案の定、他の地域を蔑むような投稿や無理筋の行政批判は反発を招いており、このアカウント自体、湾岸エリアの評判を下げるのに一役買っているようだった。他ならぬ徹もこれを見て少し嫌な気分になった。自分の住む地域を良くしたいという理念には賛同するし、街を傷つけるスケーターに対する怒りも理解できる。しかし、これは明らかにやりすぎだ。

「このアカウント、あの人が運営してるらしいですよ。うちの妻が偶然、エレベーターで投稿している場面を見たって」

健太がヒソヒソと話す。スケーターに故郷の村を燃やされたかのように熱弁を振るう小太りの男は四十歳前後だろうか。何が彼をそこまで駆り立てるのだろう。

「まあスケボー問題は結論が出ないので、警備員さんに重点的に巡回してもらうことにして、もうしばらく様子見でいきましょう」

延々と続く議論を理事長が引き取り、ようやく散会となった。もう午後八時だ。夕方にクリニックを閉め、その足で理事会に参加したのでまだ夕飯を食べていない。腹が減ったな、と思うのと腹の底から低い音が周囲に鳴り響くのは同時だった。

「これから翔君の店に行くんですけど、高杉さんも良かったらどうですか?」

腹の音を聞いたのか、隣に座る健太から思わぬ誘いを受ける。翔君とは、大晦日に一緒に初詣に行ったローゼスタワーの住人、伊地知翔のことだ。近所で和食料理店を開いていると聞いていたが、そういえばまだ店に足を運んだことはなかった。

「ぶっちゃけ、受験前で家がピリピリしてるから、妻が起きている間は家に帰りたくないんですよね」

心底うんざりした様子で話す健太。中学受験本番まで一ヶ月を切り、受験生を抱える家庭はどこも修羅場だ。中学受験塾ブリックスで全国トップクラスの成績を誇り、最難関校の合格が確実と言われている隆を擁する高杉家といえども例外ではなく、最近は帰宅すると家には張り詰めた空気が漂っている。一瞬、妻である綾子の顔が頭をよぎったが、魅力的な誘いに思わず飛びついてしまった。


はじめて足を運んだ翔の店は木目調の落ち着いた内装で、遅い時間にもかかわらず多くの客で賑わっていた。

「それにしても、マンションや地域の名前を出してネットで暴れてる人たちって、何が目的なのかな」

乾杯もそこそこに、健太と今日の理事会の話に戻る。壊れたスピーカーのようにスケーターを罵倒し続けていた彼は、何がきっかけであぁなってしまったのだろう。理事会での言動も、ツイッターへの投稿も、自分の住む地域への愛着といった前向きなものではなく、攻撃的なものばかりで明らかに常軌を逸していた。

「そういう人って、人生で他に誇れるものがないんじゃないすか？」

調理服に身を包んだ翔がカウンター越しに料理を出しながら、こともなげに言う。

「うちは地権者だし金出して買ったわけじゃないから偉そうなこと言えないけど、タワマンも湾岸も、他人が作り上げたただの記号じゃないですか。いい年した大人がそんなもんにすがってネットでイキってるとか、ちょっと痛くないすか？」

あまりにも容赦のない正論だが、再開発を機に定食屋を畳んで和食屋への業態転換に取り組み、そして一定の成功を収めている翔が言うと説得力がある。

確かに、今日の理事会でスケボーに対する憎しみをぶつけていた彼も見るからに仕事ができなそうだった。現実世界で上手くいかない人間がネットで他者への憎しみを撒き散らし、その振る舞いそのものが周囲から嫌われる要因になるという現実。あまりにも救いがない。

「俺は少しだけ、彼の気持ちがわかる気もしますけどね」

グラスのビールを飲み干した健太が呟く。

「頑張って東京に出てきて、毎日嫌な思いしながら働いて、三十五年ローンで家を買っても、東京って上には上がいるじゃないですか。それも無限に。仕事でも先が見える中、自分が何者でもないという現実をつきつけられて、それでも惨めな自分を認めたくなくて、自分のアイデンティティをマンションや街に投影して承認欲求を満たす人の気持ち、わからなくもないですね。少しだけ」

本日お勧めの日本酒が入った徳利を受け取りながら、淡々と語る健太。

「うちなんて低層階だけど、それでも毎日仕事が終わってロビーを通るたび、ちょっと誇らしくなっちゃいますもん。あの、スケボーにキレてた人もうちとエレベーターが一緒ってことは低層階でしょ。理想と現実の差っていうか、なんかあるんじゃないんですかね。そういう気持ちが高じて、スケボーに傷つけられたベンチや植栽を見て、自分が否定されたような気分になっちゃったんじゃないかな」

健太の発言に、場が静まり返る。確かに、スケーターを激しく攻撃していた彼は、その鋭利な言葉で自身をも傷つけていたように見える。

少し暗くなった雰囲気を変えるように、翔が口を開く。

「でもそれ言ったら、高杉さんちなんて無敵じゃないすか。医者でモデルの嫁さん見つけてタワマン最上階に住んで、ゴツい外車に乗って。うちでも琉晴が羨ましがってますよ」

こういうことをお世辞っぽくならないよう、嫌味なくサラッと言えるのは、いかにも体育会出身者っぽい。軽口を叩くその間も、右手に持つ刺身包丁でマグロのサクを淀みなく切り分けており、その手際に惚れ惚れする。口では羨ましいと言いながらも、きっと本心ではないだろう。自分がゼロから立ち上げた店で包丁を振るう翔の姿からは、腕一本で食っていくという強烈な自負が伝わってくる。

「僕が自分で選んだのは妻だけで、あとは全部親から受け継いだものですから」

場の雰囲気にあてられたのか、それとも普段飲みなれていない日本酒のせいか。年々丸みを帯びてきた腹の奥底にしまいこんでいた言葉がフワリと漏れ出る。

ローゼスタワーの最上階の部屋も、元々は相続税対策とやらで税理士に言われるがままに買ったものだ。外車だって、税金を圧縮するための社有車だ。親から引き継いだ、いくつあるんだか、それぞれどんな目的で存在しているのかもよくわからない法人や会社、不動産。高杉徹という人間は、それらを存続させるための歯車の一つに過ぎない。職業選択の自由すらない人間の、何不自由ない暮らし。辛口の日本酒が、血流に乗って全身を駆け巡る。

「やー、熱いっす。確かに綾子さん、美人っすもんねぇ」

徹の言葉を違う意味で捉えたのか、それとも何かを察して気を遣ったのか、翔が大げさに深く頷いている。健太もスケボーの話に飽きたのか、日本酒が回って気持ち良くなってきたのか、この話に乗ってくる。

「そういえば高杉さんと奥さんはどこで出会ったんですか？　綾子さんって芸能人だったんですよね？」

酒のつまみとして消費される、知人夫妻の馴れ初め。その質問の裏にある、冴えない風貌の開業医と年下の元芸能人という組み合わせに対する、陰湿さを含有する好奇心を見逃さないほど鈍感ではない。

「いやぁ、お恥ずかしい話、私の一目惚れでして」

これまでの人生で何度も繰り返してきた言葉を、いかにも照れた様子で話す。代々医者の一家に生まれた、世間知らずのボンボンとして求められる振る舞いがどんなものなのか、徹はこれまでの人生で散々学んできた。嫉妬を招かないための、生活の知恵だ。

綾子と出会ったのは、医局の先輩に連れられて行った西麻布のラウンジだ。一目惚れだったのは本当だが、それは恐らく健太や翔が想像しているようなピュアなものではない。表面上、いかにも男ウケを計算した態度の中でも隠しきれない、野心に満ちた瞳。マドラーで水割りを作る綾子の全身から、芸能界という華々しい世界に身を置きながらも、それに安住していない渇望感が迸(ほとばし)っていた。

当時、徹は跡継ぎを作るためにさっさと結婚しろという圧力を両親から受けていた。母親が嫁候補として探してくる、良家のお嬢様とは正反対の綾子をあえて選ぶことで、自分の人生をコントロールしてきた両親に一矢報いてやろうというドス黒い感情が湧き上がった。綾子が自分に対して持っている感情が愛情じゃなくても構わなかった。自分の人生を取り戻すことができるのならば、それで良かった。

「高杉さん、意外と情熱的だったんですね」

徹の言葉の裏に含有された思いなど一切気づく様子もなく、感心した様子の健太。これも見慣れた光景だ。人は、目の前に出された情報をそのまま咀嚼(そしゃく)せずに取り込む。人々が欲しているのは真実ではなく、納得感のあるストーリーなのだ。

ほのぼのとした雰囲気の中、翔の料理に箸が進む。雑煮とお節料理でボケていた体が目覚めるようだ。

「このヒラスズキ、仲卸から勧められたんですけど、マジヤバいっす」

「こないだ金沢の蔵元から仕入れた酒なんすけど、結構良い感じなんですよ」

言葉遣いこそスケボーを嗜む若者のようなチャラさだが、こちらの皿やコップを見ながら
絶妙なタイミングで料理や酒をさりげなく勧めてくる翔は、料理人としてだけではなく、商売人としても有能なのだろう。周囲を見ると、健太のように家に帰りたくないというサラリーマンから若いカップルまで、客層も多様だ。財布の紐が固い、堅実な人間が多い湾岸地区で常連客を摑むというのは簡単ではなさそうだが、大したものだ。

「翔君はさ、このお店、琉晴君とか蒼樹君に継がせるの?」

唐突に健太が尋ねる。

「どうすかねー、本人がやりたかったらやれば良いと思うんすけど」

真っ白な布巾でまな板を丁寧に拭きながら、翔が答える。見ていると、口だけでなく常に手も動かしている。料理人というのも、なかなか簡単な世界ではないのだろう。

もっとも、その丁寧な作業は健太の目には映っていないようだ。

「翔君も高杉さんも良いよなー、継がせる店とか病院があって。サラリーマンしててつくづ

く思うけど、うちの場合、何も継がせるものないからなー」

酔っているのか、健太はやけに饒舌だ。翔の細やかな気配りや所作を見ていると、徹にはとても真似できないと思うが、サラリーマンの視点から見ればまた違う世界が広がっているのだろうか。

「どーすかねえ、こっちからすると毎月安定した給料が貰えるっていう世界も羨ましいっすけどねえ。自分も親父のことがなかったら、店なんて絶対継がないって思ってましたから」

夏のキャンプの夜、父親が早逝したことで店を継ぐことになったと翔は話していた。飄々（ひょうひょう）としている現在の翔からは想像できないが、そこには葛藤があったのだろう。どの世界にいても、隣の芝生は青いものなんだろうか。

「でもそれ言ったら高杉さんとこなんて、代々医者ですもんね。やっぱり、子供の頃から医者になりたかったんですか？」

「ハハッ、実は医者より宇宙飛行士になりたかったんですけどね。宇宙が好きで」

冗談めかして言ったが、本心だ。医者になりたいと思ったことなど、一度もなかった。子供の頃から、暇さえあれば宇宙の本を読んでいた。ユーリイ・ガガーリンが、ニール・アームストロングが自分にとっての英雄だった。毎晩寝る前、漆黒の宇宙空間から見える、青い地球に思いを馳せていた。

「そういえばキャンプのときの天文の知識、凄かったっすもんね」

「なるほどー、ただの趣味って訳じゃなかったんですね」

もっとも、宇宙飛行士という少年らしい夢を親の前で口に出すことすら憚(はばか)られた。父も、母も、長男である自分に高杉家の家業を継ぐことを求めていた。高校を卒業して一浪後、山形大学の医学部に通うことも、大学を卒業してすぐに東京に呼び戻され、かつて父が在籍していた慶應大の医局で働くことも、大学院で学位を取ることも、専門医資格の取得も、クリニックを継ぐことも、すべて親が決めたことだ。あらゆる段階で、自分の意志が介在する余地は一ミリもなかった。

「今となっては一介の町医者の趣味ですよ、宇宙も天体も」

とっくの昔に捨てたはずの、でもまだ微かに残っている未練。お猪口に少し残った日本酒とともにぐいっと飲み干す。

「でも医者やりながら趣味を極めるってのも良いですねー」

何も知らない健太が羨ましくすらある。恐らく中流家庭に生まれ、サラリーマンとして生活する健太が抱える悩みを徹が理解できないのと同じで、世の中には人間の数だけ地獄がある。それは当人でないと決してわからないものだ。子供の友達の親という、か細い繋がりの関係では決して見えないし、見せることもない。心の奥底で波立つ感情を抑えて、ニコニコと笑う。それが、世間的に見れば恵まれた立場の自分に求められている振る舞いであり、コミュニケーションを円滑にする手段だとわかっている。もう慣れているから、不快ですらない。

「いやぁ、本業も趣味もどっちつかずになっちゃってますけどね」

少しおちゃらけて話すと、「そんなことないでしょう」と場が少し沸いた。これで良い。やはり本音なんて、腹の脂肪の奥にそっとしまっておくに限る。


「ありがとうございましたー、また来てくださいね！」

翔の声を背にのれんをくぐって出ると、腕時計の針は午後十一時を回っていた。暖かかった店内から一転、冬の潮風が肌を突き刺すように寒い。

「もう流石(さすが)にみんな寝てるかなー、さっさと受験終わってくれないともう家庭が保たないですよ」

マフラーを巻きながら、健太が冗談だか本気だか、独り言だかそうでないかわからないような口調で話す。きっと、健太には健太の地獄があり、そこで戦っているのだろう。

ローゼスタワーの近くまで来ると、カツーン、カツーンという乾いた音が聞こえた。一瞬でそれとわかる、スケボーの音だ。

「あれ、スケボーじゃないですかね」

健太が酔った勢いのままに、音のする方向に走り出した。ちょっと待って、警備員さんに任せたほうが良いんじゃないか、法律という概念を理解してなさそうな連中と直接対峙する追っていく。

のは危ないのでは――酔っているせいか、うまく考えがまとまらないまま、健太の背中を追っていく。

「コラ！　お前ら、何やってるんだ！」

その刹那、健太のものではない、ドスの利いた声が夜の空気を震わせた。懐中電灯に照らされ、「ヤッベ」という声とともにスケボーに乗って逃げていく青年たちの背中が遠ざかる。

声の主は、つい数時間前の理事会で、声を荒らげてスケボー対策を主張していた男だった。音を聞きつけて慌てて部屋から飛び出てきたのだろう、寝間着にコートを羽織ったという佇まいで、白い息を弾ませている。

「あいつら、何回言っても来やがる」

深いため息とともに、手に持った懐中電灯であたりを照らす。暗闇を切り裂くようにグルグル回った光の輪が、ある一点で止まった。目の前にあるベンチにつけられた、深くえぐられた真新しい傷跡。放置されていた、コンビニの袋と弁当箱がビル風に乗って乾いた音とともに飛んでいく。

「なんでこんなに酷いことができるんだよ……」

肩を落として背中を丸める後ろ姿に対し、かける言葉が見当たらなかった。弁護士だというこの男は普段どんな地獄を抱え、スマホの中でスケーター相手に罵詈雑言を浴びせているのだろうか。ベンチについた傷を撫でるその憔悴（しょうすい）した表情は、まるで自分の宝物を傷つけられた子供のようだった。

健太も無言でうつむいている。徹はいたたまれなくなって、思わず天を仰ぎ見る。もう遅い時間にもかかわらず、部屋からの明かりで煌々と輝くローゼスタワー。天体観測に適した真冬なのに、タワーからの光でその先にあるはずの星空はちっとも見えない。窓から漏れるその一つ一つの明かりは、そこに住む人々に不幸など存在しないと誇示するように、周囲を明るく照らしていた。

*

今日は随分冷えるなと思ったら、窓の外では白い雪がヒラヒラと舞い降りていた。道路にも雪がうっすら積もっている。一月下旬とはいえ、東京で雪が降るとは珍しい。徹は大学六年間を過ごした山形の風景を思い出しながら、手元のマグカップに注がれた、少しぬるくなったコーヒーをすすっていた。

一浪の末、最も合格可能性が高い国立大の医学部だという受験予備校の勧めに従い、親に命じられるままに入学した山形大学だったが、母親の監視や父親の圧力から離れて過ごす大学生活は純粋に楽しかった。徹と同じように東京から進学した同級生の多くは「なんでこんな何もない僻地に来てしまったんだ」と嘆いていたが、情報過多な東京に比べ、時計の針がゆっくり進むような山形の空気が好きだった。

膨大な量の試験勉強に追われながら、暇があれば天体望遠鏡を自動車に乗せて山に登った。今でも雪を見ると、肩と頭に雪を乗せてふたご座流星群を観測した、三十年前の冬を思い出す。このまま山形に残って、大学病院で働くのも悪くない──。そんな夢想をしたこともある。もっとも、夢は叶わないから夢というのだが。

「若先生、次の大槻さんで午前は終わりでーす」

クリニックのベテラン看護師である鈴木さんの声で現実に帰る。もう五十歳なんだから若先生というのはやめて欲しいと何度頼んでも、鈴木さんは「だって若先生は若先生じゃないですか」と取り付く島もない。大先生である父が亡くなってもう十年が経つが、このままずっと若先生のままなんだろうか。

「大槻さん、その後、調子はどうですか?」

診察室に入ってきた年配の男性に声をかける。そういえば大槻さんも、父の代からの患者だ。十年ぶりに再発した外痔核、いわゆるいぼ痔の治療のため、最近またクリニックに通い始めている。

「普段は大丈夫なんですけどねえ、トイレでいきむとちょっと痛いですわ」

顔をしかめる大槻さんの側で、鈴木さんが「じゃあ診察してもらいましょうねー」と言いながら診察台のカーテンを勢いよく閉める。勢いがよすぎたのか、カーテンの裾が揺らめいていた。

「じゃあズボンを脱いでうつ伏せになって、腰だけ浮かせてください」

徹が最後まで言い終わる前に、大槻さんは「よっこらしょ」とくたびれたズボンを脱ぎ、慣れた様子で診察台に上っていた。肛門科という性質上、無駄に恥ずかしがる患者が多いので、みんなこうだと助かる。

「うーん、前回よりは良くなってそうですけどね」

鈴木さんが腰にかけたタオルをめくりながら、目の前の肛門をしげしげと観察する。典型的な血栓性の外痔核だが、軟膏（なんこう）と内服薬を使った薬物治療が効いているのだろう、一週間前よりも炎症はひいている。触診でも肛門鏡を使った観察でも、問題はなさそうだ。

「前回と同じ軟膏薬を出しておくので、何も問題なければまた二週間後に来てくださいね」

ビニール手袋を捨てようと背中を向けた瞬間、ブホッという音が聞こえた。

「すんません、立ち上がろうとしたら力んじゃってつい」

腐った卵のような異臭をまとう大槻さんは「やっちまった」という感じで笑っていた。いきなり屁（へ）をかけられたこちらとしてはちっとも愉快なものではないが、こんなものにいちいち目くじらを立てていたら医者は務まらない。苦笑いでやり過ごす。

ふと、娘の玲奈が以前口にしていた「医者は絶対嫌、オジサンのおしりとか見たくないし」という言葉を思い出す。肛門領域の医師は循環器や呼吸器、脳神経などほかの科に比べて担い手が少なく、専門的に診ているのは全国で数百人しかいないとされる。肛門を健康に保つことは生活の質を高める上で欠かせず、痔の治療は言うに及ばず、大腸がんの発見などで肛門科医の重要性は年々増している。少なくとも、徹はこの仕事に誇りを持っている。もっとも、その重要性をいくら説いたところで、小四の女子からしたら魅力的な仕事ではないだろうし、小汚い高齢者の男性に屁をかけられて玲奈が我慢できるとも思えない。

　電子カルテに診察内容を打ち込みながら、

「前も言ったかもしれないけど、食生活を野菜中心に見直して、お酒を減らして、毎日ちゃんと歩きましょうね」

　と話しかけると、大槻さんは「先生も段々、親父さんに似てきたなあ」と嬉しそうな顔で診察室から去っていった。

「若先生、これで午前は終わりです。午後は中西先生が来られるんですよね、何か予定あるんですか？」

　午後もクリニックは開いているが、午後は慶應の医局に応援を頼んでいた。中西先生は若いがしっかりしており、一人で問題ない。片付け作業をする鈴木さんに、

「まあ野暮用で。ちょっと家族で色々あってね」

　と返す。午後には、弟の豊が経営しているベンチャー企業による、新サービスの発表会が予定されている。徹が代表を務める医療法人の関連法人が手掛けるサービス付き高齢者向け

住宅が連携しているという縁で、徹も顔を出すことになっていた。

「あら、そういえばもう中学受験ですもんね。お坊ちゃんの調子はどうですか？　若先生と似て優秀なんでしょ？」

家族という言葉で濁したつもりが、何か別の勘違いを招いたようだ。顔を上げると、そこには優秀なベテラン看護師の鈴木さんではなく、近所の噂好きのオバちゃんの顔をした鈴木さんが立っていた。

「こないだ大先生の奥様と街で偶然会ったんですけど、もう自慢の孫だって、えらい勢いでしたもん」

夫のもとで働いていた看護師と街中で思いがけず鉢合わせし、一方的にベラベラと孫の自慢話をする母の姿が目に浮かぶ。

「なんか有名な塾でトップだとか、妹さんもピアノで凄い賞を取っただとか。やっぱり凄い家には優秀な子が生まれるんですね～」

完全に想像通りだ。恥ずかしいからやめてくれといっても、母は何が悪いのかすらわからなそうだ。息子の隆も、自分の知らない所で祖母に自慢話のネタとして消費されているとは夢にも思うまい。自分の子供が大学生となり、子育てが一段落した鈴木さんにとっても、噂話の格好のタネになったことだろう。

「ごめん、もう出るから。中西先生がこちらに着いたらよろしくお願いしますね」

長話モードに入った鈴木さんの話を無理やり打ち切り、白衣をロッカーにしまって急ぎ足でクリニックから出る。雪はまだ降っているが、積もるほどではなさそうだ。記者会見の開始時刻は午後一時。このままだと昼飯を食べそびれるなと考えながら、大通りに出てタクシーをつかまえる。

記者会見場として指定されていたのは、渋谷駅直結のオフィスビルの中にあるホールだった。普段はコンサート会場としても使われているというその空間は、上場していないベンチャー企業にしては大きすぎるようにも思えたが、プレス席では多くの記者やカメラマンが記者会見の開始を待っていた。いかにも経済系の記者といった感じのかっちりしたスーツを着た人たちに混ざって、ＩＴ系のメディアの記者だろうか、シャツやパーカーなどラフな格好の若い人たちもいる。いずれにせよ、五十歳の徹がこの場で最年長であることは確実だ。気後れして、一番後ろの端の席に座る。

場違いな雰囲気に早く始まってくれないかなと気をもんでいると、

「あれ、高杉さんじゃないですか？」

という低い声が斜め後ろからした。徹が振り返ると、黒いタートルネックに丸眼鏡の男が、腕にレザージャケットをかけて佇んでいた。一瞬誰だかわからなかったが、大晦日に神社で会った、隆の同級生の女の子の父親だと思い出す。たしかサンフランシスコに長く住んでいたと話していた。綾子をはじめ女性陣は何故か「スタンフ夫」と呼んでいたので、そっちのほうがしっくりくる。

「小坂です、先日はどうも。偶然……で会う場所ではないですよね。あれ、ひょっとして、高杉豊さんってご親族ですか？」

嗚呼、ご兄弟なんですか、となると親族が経営されているサービス付き高齢者向け住宅というのは？　なるほど、一族でクリニックや関連法人を。豊さんが医療関連で起業したというのはそういう経緯があったんですね。実は私、豊さんの会社に投資しているんですよ――

淀みなく喋るスタンフ夫が差し出した名刺には、こう書かれてあった。

シリコン・エッジ　パートナー　小坂久弥

「私がやっているベンチャーキャピタルは海外市場を目指す日本のスタートアップに投資しているんですけど、豊さんは実に面白いですね。日本社会の高齢化を逆手にとって、日本でノウハウを蓄積して海外に打って出ようという気概が素晴らしい」

静かな語り口だが、眼鏡の奥の瞳が爛々と光っている。徹はこの目を知っている。高二の夏、突然海外の大学に進学すると宣言した豊の目にも同じ光が宿っていた。安定と現状維持と平穏を望む人々で構成される医学部や医局では滅多にお目にかかれない、野望に満ちた目。

この男も、豊と同類だ。現状維持を唾棄し、リスクを取ることを恐れない側の人間。アメリカという国がそうさせるのか、それともそういう人間がアメリカという大国に導かれるのか。

「そうではない」側にいる徹は、この目が苦手だった。

「あ、始まりますね、ではまた後ほど」

記者会見が始まったことで会話が終わったことにホッとした徹だったが、本番はこれからだ。

「アンビシオッソ」という豊の会社名はスペイン語で「野心的な」という意味だと聞いたことがある。豊の会見はその名に恥じぬ、野心に満ちたものだった。

「我々は最先端のデジタル技術を使って、高齢者向け住宅をDX化します。家中にセンサーを配置し、利用者に一切意識させることなくデータを蓄積。AIを駆使して異変を検知し、そこで働く人たちと共有します。住んでいる人にとっても、そこで働く人にとっても、最適な環境を整えます。市場は日本だけではありません。これから世界が高齢化を迎える中、課題先進国に住む我々にこそチャンスがあります。かつてのホンダやソニーのように、メイド・イン・ジャパンのサービスを世界に普及させましょう！」

ジーンズに白いTシャツ、黒いジャケットといういでたちの豊がスクリーンの前を行き来し、両手を広げて何かを話すたびにカメラからフラッシュが焚かれる。壇上から発せられる熱が会場全体に伝播し、最後列にいる徹にも届く。

「資本も限られている中、どうやってスケールしていくかというのが我々にとっての課題であり悩みの種でしたが、今日その問題を解決するためのソリューションを発表できることになりました。我々アンビシオッソは今回、日本を代表する損害保険会社である大日本損保さんから出資を受け、大きく一歩を踏み出しました」

豊が両手を広げると、スクリーンには「**アンビシオッソ×大日本損保　資本業務提携**」という文字が大きく表示された。なるほど、ベンチャー企業にしてはやけに立派な記者会見の会場も、ネクタイにスーツ姿の記者が多く集まっているのも、そういうことだったのか。

記者たちがノートパソコンをタイピングする音が響く中、高そうなスーツにネクタイを締めた白髪交じりの男が豊と並ぶ形で壇上に上がった。「大日本損保専務」という立派な肩書がスクリーンに表示されている。遠目から見ても、専務が緊張していることはありありと伝わってきた。記者会見の主役は、誰が見ても豊だった。

その様子を眺めながら、徹の隣に座るスタンフ夫は満足そうに頷いていた。ベンチャー投資の世界に疎い徹でも、誰もが知る大企業が出資し、その幹部が記者会見場に姿を現すということが持つ意味くらいはわかる。リスクを取って起業した豊、そしてその豊を見出して資金を投じることを決断したスタンフ夫。この会場で、この二人だけが賭けに勝ったのだ。

気がつくと質疑応答が始まっていたが、ここも豊の独壇場だった。大日本損保の専務が回答に詰まるとすかさず拾い上げてフォローし、ときには軽快に冗談を交えながら質問に答える豊の様子は、完全に記者たちの心を摑んでいた。ウェブメディアの記者だろうか、斜め前に座るノートパソコンの画面には執筆中の記事が表示されており、「**連続起業家　高杉豊、大日本損保と介護のＤＸで世界へ**」という見出しが踊っていた。

血を分けた、実の弟の晴れ舞台。高杉家が所有するサービス付き高齢者向け住宅の宣伝にも繫がり、徹にとっても悪い話ではない。それでも、心の隅にポツンとついた黒い染みがジワジワと広がるのを無視できなかった。

長男の自分に家の面倒事を押し付け、自由に羽ばたく弟。米国の大学の法外な学費も、帰国後に一度起業に失敗したときの尻拭いも、その後の再起を支えた資金も、今回のサービスの実証試験の環境も、すべて高杉家の後ろ盾があってのものだ。

そんなことはおくびにも出さず、自力ですべてを切り拓いてきたかのようにフラッシュを浴びる豊の姿は、しがない町医者として患者の肛門と向き合いながら一生を終えようとしている自分の惨めさを際立たせた。

「どうよ、結構、良かったっしょ」

記者会見終了後、人もまばらな記者会見場で顔を上気させた豊は達成感に満ち溢れた表情だった。

「実に良かったです、これでまた一つ先のステージに進みましたね」

スタンフ夫も満面の笑みで豊を称える。二人の間の空気は投資家と起業家というビジネスライクな関係ではなく、長年連れ添った戦友同士のような、温かみがあるものだった。

「大日本損保の専務、メッチャ緊張して噛みまくってましたね」

「最後の質疑応答、社長が急に台本にないこと喋り始めるからこっちまで焦りましたよ」

「おお、日経電子版のトップに載ってる！」

豊の会社の社員だろうか、会場の椅子を片付けながら雑談をしているお揃いのパーカーを着た若者たちも嬉しそうだ。この場で豊の成功を心の底から祝えていないのはただ一人、自分だけだ。

「ところで兄貴、なんで小坂さんと知り合いな感じなの？」

そういえば、と豊が徹に顔を向ける。

「ああ、隆がスタ……小坂さんの娘さんの同級生なんだ。大晦日にたまたま会ってさ」

心にこびりついた卑屈な感情など最初からなかったかのように、ニコニコとした作り笑顔を顔の表面に貼り付ける。

「へー、隆と同級生ってことは小六？　多感な時期に急にアメリカから日本に連れて来るなんて、酷いお父さんだな。娘さん、日本にちゃんと馴染めてます？」

「ハハッ、違いないです。まあ最初は戸惑ってたみたいだけど、今は楽しそうに学校に通ってますよ。私と違って、日本社会に向いてないということはなさそうです」

軽快に冗談を飛ばし合う、豊とスタンフ夫。十代の時点で居心地の良い日本からわざわざ海外に飛び出るという選択をした者同士、通じ合う部分があるのだろう。

「そういえば娘から聞いたんですけど、高杉さんのところの隆君って、すごく優秀なんですってね。アメリカだったらギフテッドとして飛び級するレベルだって娘が話してましたよ」

会話の輪に入れていない徹に気を遣ったのか、スタンフ夫がこちらに水を向ける。

「へー、そういや塾の成績も良いって言ってたもんな。さすが我が甥っ子」

ギフテッド。アメリカでは天才児をそう呼ぶと聞いたことがある。目の前に座る豊は間違いなくそれに該当するだろう。幼い頃から、豊が机に向かっている光景をほとんど見たことがない。それにもかかわらず、塾での成績は常にトップクラスで、模試の結果の偏差値欄には徹が見たこともないような数字が並んでいた。中学受験では徹の第一志望だった、そしてあえなく落ちた学校に余裕で合格。関東一円から秀才が集まるその学校ですら「レベルが低くて退屈だ」と言い放ち、アメリカに活路を見出した優秀な弟。その眩(まばゆ)い光は、大人になった今もなお衰えていない。

「どうなんですかねえ、親から見ると天才って感じはしないですけど」

親の贔屓目抜きに、息子の隆が優秀であることに疑いの余地はない。しかし、豊ほどではない。天才を最も間近で見ていた自分にはわかる。地頭は良いかもしれないが、隆は徹と同じく、コツコツと努力を積み重ねるタイプだ。父親として誇らしくもあるが、時々不安になる。小学六年生にして、自分たちはあまりに大きく、重い荷物をあの子に背負わせていないだろうか。こうして何にも縛られずに羽ばたいている豊を目の前にして、毎日夜まで机に向かう隆の後ろ姿が思い浮かんだ。

「でも隆も結局は医者になるんでしょ？　勿体ないなあ」

こちらの気持ちを慮(おもんぱか)ることなく、豊が徹の神経をザラリと逆撫でする。家業を継いだ兄を目の前にして、その道に進むことを「勿体ない」と表現することがどのような意味を持つのか、これまでの人生で考えたことすらないんだろう。もっとも、しがらみを切り捨て、ときに利用するくらいのしたたかさを持っているからこそ、豊はここまで来られたのだろうが。

「なるほど、開業医だと跡継ぎが必要ですもんね。となると、隆君は十二歳なのにもう進路を決めているんですね」

スタンフ夫が興味深そうに尋ねる。進路を決めるも何も、そういうものなのだ。開業医の跡取りとして、隆が医者になることは義務付けられている。この世に生を受けた瞬間に、いや、生まれる前から決まっている。これは個人の問題ではない。跡継ぎがいなくなってクリニックが潰れれば、困る患者がどれだけいるか。大槻さんをはじめ、父の代からの患者の顔を思い浮かべる。地域に根付いた医療とは、代替が利かないものなのだ。

「そうですね、日本では医療法人を継ぐには医師免許が必要なので……」

この回答では納得しないだろうな、と思いながら自分で自分に言い聞かせるように話す。

目を大きく見開いたスタンフ夫だったが、何かを言おうとして、思い直したように口を閉じた。アメリカ暮らしが長いとはいえ、思ったことをなんでも口に出さない思慮深さは持ち合わせているようだ。

「兄貴も隆も凄いよな、俺はそういうのから逃げ出したから」

さきほどまで「勿体ない」と言ったことなど忘れたかのように、あっけらかんと話す豊。その奔放さが羨ましくもあり、正直、妬ましくもある。もし兄弟で生まれてくる順番が違ったら、豊は大人しく医学部に進学して診察椅子に座っていたのだろうか。神妙な顔をして患者に寄り添う弟の姿も、しがらみから解き放たれて好きなことに邁進（まいしん）している自分の姿も、どちらも想像すらできない。

「社長、そろそろ会場の時間が」

パーカーを着た若者が割り込んでくる。気がつけば、さっきまで記者会見が開催されていたことが嘘だったかのように、テーブルや椅子は綺麗に整理されていた。みんな、見るからに今どきの若者だが、教育が行き届いているのだろう、誰もがテキパキと働いていた。豊だって、今となっては一国一城の主だ。外部の投資家から資金を得て、若い社員の人生を抱えることの重責は徹の抱えるそれとはまた違った重さがあるのかもしれない。

「それでは私も失礼します」

席を立つスタンフ夫につられるように、徹も慌てて腰を浮かせる。

「兄貴、今日はサンキューな。身内が会場にいるってだけでだいぶ楽だったわ」

こういうことを恥ずかしげもなく言える素直さは、徹が持っていないものだ。さっきまで胸の奥に広がっていた黒い染みが薄くなると同時に、自分が恥ずかしくなった。


スタンフ夫と二人、会場を出てエレベーターを待つ。なんとなく、豊の話から離れたくて徹から口を開く。

「そういえば、娘さんは将来どうされるんですか？　アメリカ育ちの子供が見る日本っていうのは、どんな感じなんでしょうかね」

大晦日の晩に見た、男子の集団相手にも物怖じしない活発な少女の姿を思い浮かべる。日米を股にかけ、新たに勃興する産業の最前線で活躍する父親の背中というのは、隆が見る背中と違うのだろうか。

「いやー、教育っていうのは難しいですね。私は娘のために良かれと思って日本に帰ってきたんですけど、最近までアメリカに戻りたいと騒いで毎日大喧嘩でしたよ」

スタンフ夫の口から意外な回答が飛び出るのと、エレベーターの扉が開くのは同時だった。

「自分のことはわかったつもりでも、子供のこととなると全然正解が見えないもんですね。

私も日本に帰ってきて、ようやく自分の人生に向き合っている気がしますよ」

　地上階のボタンを押しながら、苦笑するスタンフ夫。単身米国に渡り、華々しい成功を収めて凱旋帰国したグローバルエリートらしからぬ言葉だが、本音のようにも聞こえた。この男もまた、十二歳の子供を持つ父親として悩んでいるのだろう。

「では私は次のアポがありますんでここで失礼します。恥ずかしながらまだ子供関係の知り合いが少ないんで、また機会を改めて色々相談させてください」

　レザージャケットを羽織ったスタンフ夫は、すっかり米国帰りの投資家としての顔つきに戻っていた。スタンフ夫が乗り込んだタクシーのテールランプをぼうっと眺めていると、次のタクシーが乗車を急かすように、クラクションを鳴らす。この街では、立ち止まっていることは許されない。

　午後はそのまま家に帰るつもりだったが、気がつけばクリニックの住所を運転手に伝えていた。なんだか無性に、患者の顔が見たくなった。手を動かすことで、自分の選択が間違っていなかったと確認したかった。

　ふと窓の外を見ると、さっきまで降っていたはずの雪はもうすっかりやんでいて、道路には浅い水たまりがあちこちにできていた。

*

「なんでこんな簡単な問題が解けないの！　あんた、それで本気なの？　もう本番まで時間ないってわかってるの？」

金切り声とともに、鋭い痛みが左手の甲に走る。声を上げることすら許されない、部屋の中の張り詰めた空気。母が叩くのは、決まって左手だった。鉛筆を持つ右手に影響が出ないよう、強く叩きすぎて勉強が止まらないよう、計算し尽くされた痛み。悪いのは間違えた僕だと自分に言い聞かせ、涙が解答用紙に落ちないよう、下を向いて耐えた。解答用紙に並ぶ赤いバツ、乱暴に書かれた三十七点という点数、プラスチック製の三十センチ定規――。記憶の中の母は、どんな表情をしていただろうか。


小学六年生の夏ごろからだろうか、左手の甲が腫れているような感覚に悩まされるようになった。見た目は普段どおりだが、塾でわからない問題に出会うたび、模試の結果が返ってくるたび、皮膚の下が痺れるような違和感を覚えた。中学受験に失敗し、大塚にある受験少年院と呼ばれる私立中高に入ってからは更に悪化した。一浪して代々木の医学部受験を専門とする予備校に通うようになってからも、左手の感覚が時折うすれるような症状は続いた。

「うーん、特に問題はないように見えるんだけどなぁ」

父の紹介で整形外科や皮膚科の先生に診てもらっても、返ってくる答えは一緒だった。精密検査を受けても何も問題なく、原因不明だと首を傾げられた。

心的外傷後ストレス障害。世間ではPTSDと呼ばれる病気の症状の一つだと知ったのは、大学での座学の授業だった。原因が判明すると同時に、対症療法がないことも理解した。大学の定期試験や医師国家試験、専門医試験。親の跡を継いでからは、専門外の領域でも学ぶことが増えた。医者として生きていくということは、常に学び続けることに他ならない。気がつけば、勉強に関係ない場面でもストレスに晒されるたびに、左手が疼くようになっていた。

「開成も筑駒もダブル合格なんて、さすが隆！　お祖父ちゃんもあの世で喜んでるわ」

ローゼスタワー最上階。自宅のリビングの窓には、雪で冬化粧した富士山が堂々たる存在感を放っていた。目の前には、孫の中学受験合格を祝うために気合いを入れて和服姿で登場した母の姿。テーブルには、妻の綾子が用意した、ちらし寿司やローストビーフなど豪華な料理がズラリと並べられていた。

二月も中旬に入ろうとしており、中学受験生の家族という緊張感からすっかり解き放たれた綾子や娘の玲奈は生き生きとしている。タワマン最上階の豪邸、幸せそうな家族、子供の受験成功。現代日本における幸福を描いたらこうなるという光景を目の前にしながらも、徹は実の母である和子の猫なで声を聞くたびに、左手が疼くのを必死で抑えていた。

高杉家の長男、隆の中学受験はこれ以上ない大成功で終わった。一月の埼玉県の滑り止めの学校では特待生枠を勝ち取り、グローバル教育に定評がある千葉県の新興系の難関校にも合格。勢いそのままに、二月の本番では開成や筑駒といったトップ校の掲示板に次々と受験番号を載せることに成功した。中学受験界隈ではいわゆる「全勝」と言われるもので、首都圏から優秀な生徒が集うブリックスでも達成者は限られる。

この結果を最も喜んだのは徹でも綾子でもなく、母だった。六年前の隆の小学校受験後は、全滅という結果を受け

「だから私はちゃんとした嫁を見つけなさいって言ったでしょ！」

と取り乱していた母。それは三十八年前、中学受験で母の望むような結果を出せなかった徹に対するものと同じだった。しかし、今回は掌を返したように

「隆が全力を尽くしたのも勿論だけど、綾子さんも頑張ったわねぇ。玲奈のピアノもあって、マネジメントも大変だったでしょうに」

と綾子をねぎらう。苦笑いで対応する綾子に対し、かつて自分がどんな酷い言葉を浴びせていたのか、この人は覚えていないのだろうか。

「それで、どうするの？　知名度からいったらそりゃ開成なんでしょうけど、少数精鋭の筑駒も捨てがたいわね。私も豊のときは散々悩んだけど、当時は今みたいに情報がなくて大変でねぇ」

主役である孫を差し置いて「全勝」の余韻に浸り、自分語りを始める母。相手の気持ちを考えることなく、数字や世間体だけで評価する。昔からそんな人だった。この人にとって、子供も孫も、結局は他人に見せびらかすためのアクセサリーみたいなものなんだろう。案の定、隆はバツの悪そうな顔で座っている。

「お祖母ちゃん、そろそろ始めようよー」

延々と続く祖母の長話に飽きたのか、目の前に並べられたご馳走のお預けを食らっているのが耐えられなくなったのか、玲奈がこう切り出す。口下手な兄に比べ、口達者でしっかり自己主張もできる妹。ありし日の自分と豊を見ているようだ。隆のホッとした表情が、かつての自分に重なる。

「そうね、温かい料理は冷めないうちに食べちゃいましょうか。ほら、このエビチリ、いつも行ってる銀座の中華料理屋さんで頼んできたんですよ。最近、テイクアウト始めたって聞いて」

綾子がそつなく場を仕切る。綾子も母のことは苦手だろうに、おくびにも出さないのは流石だ。こういうとき、一家の大黒柱としてしっかりせねばと思うが、結局気の利いたことを言えず、ニコニコ笑うことしかできない。

めでたい席だということもあり、食事会は和やかな雰囲気で進んだ。隆もリラックスしたのか、次第に笑顔を見せるようになってきた。

「それにしてもこの部屋、暑くないかしら」

とハンカチで汗を拭く祖母に対し、

「冬は太陽の高度が低いから、タワマン高層階だと直射日光が奥まで入ってくるんだよね。逆に夏は高度の関係であまり日光が届かないから、イメージと違ってあまり暑くならないんだけど」

と隆が少し得意気に返す。その理路整然とした返し方がいかにも理系といった感じで微笑ましい。もっとも、和やかな雰囲気はあくまで母に対するみんなの遠慮によって成り立つ繊細なものであり、当事者の不用意な一言で容易に瓦解する。

「やっぱり隆も理系ね、うちの男はみんなそう。そういえば塾はどこに通わせるの？ 医学部を目指すなら最初が大事だからね。トップ校はどこも勉強面では放任主義だから、しっかり勉強見てくれるところに行かないとね。ここでサボると取り返しがつかないわよ」

長い受験勉強を終えた十二歳の子供に対し、僅かな休息すら許さないと言わんばかりの暴力的なまでの圧力。案の定、隆の顔から笑みが消える。

思えば、徹のときもそうだった。開成や筑駒などトップ校が不合格だとわかるや否や、母は徹の意見を聞くことすらなく、進学する中学校の手続きを済ませていた。受験少年院と呼ばれるその学校は赤いふんどし姿での遠泳や正月の早朝寒稽古など、スパルタ方式で生徒を徹底的に鍛え上げる指導方針で知られ、徹からすると絶対に避けたい進学先だった。とはいえ試験に落ちた徹に発言権はなく、親に逆らうほどの勇気もなく、暗黒の中高六年間を過ごすことを余儀なくされた。

「母さん、隆もまだ受験終わったばっかりだからさ。入学手続きもまだ時間あるから、少し自分で考えさせてあげようよ」

自分は今、どんな顔をしているだろうか。父として、一家の長として、腹に力を込める。

「相変わらず考えが甘いわね、医学部受験は難化しているのよ？　そんなのんびりしてるから、あんたも結局一浪したんじゃない！」

一浪という言葉に怯むかのように、左手がピクリと反応する。十八歳の春、中学受験に続く二度目の挫折。世界を知らなかった十二歳の頃と違って、ペーパーテストに大逆転も奇跡もそうそう起こることはないとわかっていたからダメージは少なかったけれども、それでも母に責められるのは辛かった。三十センチ定規で直接叩かれることはなくなっていたが、心の傷が癒えることはない。

浪人中、医学部専門の受験予備校で出会った友人たちもみんな、多かれ少なかれ同じような傷を抱えていた。医者の子供として敷かれたレールを歩むことを親に強制され、足りない能力を補うべく必死で参考書に喰らいつく日々。あそこで机を並べていた彼らは、今、どうしているのだろうか。みんな、満足のいく人生を歩めているのだろうか。

「まあまあ、僕の頃とは時代も違うし、まだ時間はあるんだしさ……」

母をなだめようとした瞬間、隆が口を開いた。

「お祖母ちゃん、お父さん、お母さん。聞いてほしいことがあるんだけど」

静謐を湛えた水面に一石を投じるような、決意の込められた声。固くこわばった隆の表情を見て、思わず息を呑んだ。緊張で微かに手を震わせながらも、瞳には強い光が宿っていた。隆が何を言おうとしているか、その目を見た瞬間にすべて理解した。テーブルの向かいに座る綾子も、何かを察したような顔をして隆を見つめている。

「ごめん、僕は医学部には行きたくない」

絞り出すように出てきた言葉がリビングに静寂をもたらす。この言葉を発するために、この子はどれだけの覚悟をしてきたんだろうか。思いつめた表情の綾子、何が起こったのか理解できていない玲奈。沈黙の中、窓の外では真っ赤に染まった夕焼け雲が富士山にかかっていた。

虚を突かれたのか、しばらく黙っていた母が沈黙を破る。

「隆、自分がいま、何を言ってるかわかってるの?」

怒気を含んだ低音。先代の妻として、そして母として、五十年にわたって高杉家を支えてきたという強烈な自意識が燃え盛る炎となり、孫の隆に襲いかかる。

「あなたが医者にならないということが、どういうことかわかっているの?」

ゆっくりと、しかしはっきりとした口調で問いを繰り返す母。窓の外の世界は真っ赤に染まっていた。

「医者の仕事がどれだけ大切かっていうのは知ってるし、お父さんのことも尊敬している。でも、僕は医者よりもエンジニアになりたい。目の前の患者を救うんじゃなくて、世界を変える側に回りたいんだ。できれば、叔父さんみたいにアメリカの大学に行きたい」

幼い頃から病気がちで、内気だった隆はいつの間にこんな顔をできるようになったんだろうか。そこには、祖母や両親に遠慮して自分を押し殺していたひ弱な少年はいなかった。

少し涙ぐんでいる綾子と目が合う。わかってる、今度は自分の番だ。気がつけば、左手の震えは止まっていた。

「隆の気持ちはわかった」

自分でも驚くほど、すんなりと言葉が出てきた。そういえば隆が自分たちのことをパパ、ママではなくお父さん、お母さんと呼ぶようになったのはいつからだったのだろう。子供の成長に、自分はきちんと向き合えてきたのだろうか。

「本気だったら、お父さんは反対しないよ」

今日という日を迎える前から薄々、気づいていた。リビングのソファで隆が熱心に読んでいた雑誌には、テクノロジーで世界のあり方を一変させたアメリカの起業家の写真が並んでいた。たまに会う豊の話に目を輝かせ、食卓で海を越えやってきた米国帰りの同級生の話をする姿は、宇宙の本を読んで興奮していたかつての自分そのものだった。憧憬は、あらゆるものを超越する。親として、羽ばたこうとする子供に足枷(あしかせ)をつけるような真似はしたくない。

「徹まで何言ってるの！　クリニックはどうするの？　玲奈はピアノばっかりで塾なんて通ってないんでしょ？」

興奮気味に金切り声を発する母。突然名前が出てきた玲奈は「え、私？」という顔でキョロキョロしている。

「母さん、玲奈は関係ないよ。これは隆と僕の問題だ」

母が興奮すれば興奮するほど、自分が落ち着いていくのがわかる。かつて漢字の書き取りを間違えるたび、計算ミスをするたびに三十センチ定規を振り回していた母。長い時を経て、夕日を浴びたその姿はかつてより小さく、皺だらけになっていた。自分は一体、何に怯えていたのだろうか。

「隆には隆の人生があって、それはクリニックを守ることよりも大事だと思う。僕は、その気持ちを尊重したい」

ただ、認めてほしかった。優秀な弟ではなく、自分を見てほしかった。愚直に努力を積み重ね、親の期待に応えることで理想の息子であろうとした。でも、いつまで？

息が詰まるようなこの場所で、これまでの人生で得たものと失ったものを指折り数えてきた。家族が寝静まった夜、ルーフバルコニーから望遠鏡を覗きながら、自分の選択は間違っていなかったと言い聞かせる人生。それを隆に繰り返して欲しいとはどうしても思えない。

興奮した母が肩で息をしている音だけが部屋に響く。目に涙をたたえ、こらえている綾子。申し訳なさそうな顔をしながらも、それでも背筋を伸ばしている隆。少し気まずそうな表情で、ジュースの入ったグラスをストローでかき混ぜている玲奈。すべてが思い通りという人生ではなかったけれど、この家族に出会えて良かった。

「父さんが遺したクリニックを母さんが大切に思っているのはわかるし、感謝もしている。でも、隆が望まないなら、もう僕の代で終わりにしよう。親族以外への医院継承だって珍しくないし、無理に子供に継がせる時代じゃないんだよ」

前々から選択肢の一つとして考えていたことだ。以前、税理士から紹介されて、医療法人のM&Aを手掛けるコンサルタントから営業を受けた。新たに医療法人を買って分院を作るという提案を受けたときは時間を無駄にしたと思ったが、そのときの雑談で後継者がいないクリニックが身売りする例が増えているという話が妙に引っかかっていた。「大先生」や「若先生」に代表される、旧態依然としたやり方をそのまま温存することに対する違和感は自分の中で無視できないほどに膨らんでいた。

「あんたも豊もいっつも私の知らないところでなんでも勝手に決めて、父さんが生きてたらなんと言うか……」

まだ諦めきれないのか、母は不満気にブツブツ呟いていたが、孫の合格祝いの場を台無しにするべきではないという程度の理性は残っていたようだ。隆に代わって徹が説教を喰らうことで、この場は収まった。

「とにかく、隆はまだ十二歳なんだから、まだ進路を決め打ちするのは早いわよ。海外ばっかり見て突っ走って、後になって選択肢がなくなったら悲惨だからね」

日も暮れる中、ローゼスタワーの車寄せに呼んだタクシーに乗り込みながらまくしたてる母。医者になれというさっきまでの話と真逆のことを言っているが、子や孫のためを思っているということだけは伝わってくる。歪んだ形の愛情ではあるが、母には母の、また違った戦場があるのだろう。親になり、ようやくわかってきた。

「お昼ごはん食べすぎたし重かったから、晩ごはんは軽いやつでいいじゃん」という玲奈の主張を採用する形で、遅めの夕食は出前の蕎麦となった。それぞれが何事もなかったかのように蕎麦を啜るぎこちない食事の後、隆は気恥ずかしさが残るのかそそくさと風呂に入り、しばらくすると寝息を立てていた。思わぬ形で騒動に巻き込まれかけた玲奈も「念の為だけど、私は受験勉強なんて絶対やんないからね！」と言い残して寝室へと消えていった。

長い一日が終わった。リビングのソファに深く座るが、まだどこか興奮が抜けていない。クールダウンするため、ウィスキーをバカラのグラスに注いでいると、テーブルを片付けていた綾子が「私も頂戴」と乗ってきた。ワイン派の綾子とウィスキー派の徹の飲酒のタイミングが重なるのは珍しい。二人で飲むのは久しぶりだ。

「隆の件、あれで良かったのかな」

琥珀色のウィスキーの海に浮かぶロックアイスを指でつついている綾子の反応を窺う。勢いで母に啖呵を切ったものの、時間が経ち冷静になると不安が押し寄せてくる。金回りのことは全部税理士に任せており、言われるがままにハンコを押しているだけなので、法人として現在どれだけの収入や借金があるのかもよくわかっていない。現在の生活水準が世間から大きく乖離していることは知っているが、将来、高杉家が医療法人という核を失ったとき、それが維持可能なのかどうなのか。

「あなたにしては随分思い切ったなと思うけど、まあ良かったんじゃない？　ていうか、今更？」

綾子が軽やかに笑う。彼女も彼女なりに解き放たれたのだろう。出会ったときから今日までを振り返っても、こんなに楽しそうな綾子を見るのは初めてかもしれない。

「でも正直、ちょっとスッキリしたかも」

薄暗いリビングで間接照明に照らされながら、東京の高層ビル群の夜景を背にロックグラスを傾ける綾子。映画のワンシーンのようだ。綾子は、自分の人生の主人公が誰なのかを最初からわかっている。そんなところに惹かれたんだった。今更ながら、そんなことを思い出す。

「でも玲奈は大丈夫かな？　仮にピアニストを目指すとなったら、収入は不安定になるでしょ。この生活に慣れちゃって、将来困らない？」

徹の心配をよそに、綾子が一笑する。

「そんなの今から心配しても仕方ないでしょ。玲奈も、今の生活水準を続けたいなら自分で医者の旦那見つけてクリニックを継がせればいいんだし。あの子も馬鹿じゃないから、大人になって自分で学ぶわよ」

あっけらかんと話す綾子。大きな決断をしたつもりが後になって瑣末なことを気にしてクヨクヨしている自分と、器の大きさの違いを思い知らされる。

「自分の人生を生きれば良いのよ、隆も玲奈も」

自分に言い聞かせるように呟く綾子。窓の外の夜景を眺める綾子の横顔を見ながら不意に、この女性を妻として選んだ自分の選択は間違いじゃなかったと確信した。酔った勢いで、掌のグラスを綾子に向かって掲げる。

「何よ、今更？」

笑いながら前髪をかきあげる綾子とグラスを軽く重ねる。乾いた小気味良い音が、部屋に小さく響いた。きらびやかな東京の夜景の上で、星が微かに瞬いていた。

*

「あれ、コサージュどこやったっけ？」

「ママ、こないだ本番で着る服に合わせるとか言って出してなかったっけ？」

「そうだ、でもあの後どこやったっけ、もう時間ないのに！」

「そういえば洗面台のとこに置いてなかった？」

卒業式という晴れの日に相応しい、穏やかな天気。騒がしい母娘のやりとりも微笑ましい。長く、寒かった冬は今まさに終わろうとしていて、窓の外の色彩からも春の息吹を感じる。

「じゃあ玲奈、行ってくるからね。ピアノの教室、バスの停留所間違えないでね。何かあったらパパに電話してよ、ママ出られないかもしれないから！」

余裕を持って朝早く起きたはずなのに、身支度でバタバタしているうちに時間ギリギリになってしまった。慌ただしく家を出て、エレベーターに飛び乗る。久々に着たスーツはキツくなっていて、腹回りが少し苦しい。

本日の主役である隆は徹を感傷的な気分に浸らせる間もなく、「充君と琉晴君と約束してるから」と、とっくの昔に家を出ていった。春休みで学校がない玲奈は、今日はピアノの教室まで一人で行くんだと張り切っている。子供たちの成長はあっという間だ。嬉しくもあるが、少し寂しくもある。

ローゼスタワーのロビーに着くと、和服姿の母が待ち構えていた。

「徹、あんたはもっと余裕を持って行動しなさい！」

家業のクリニックを継がないという隆の宣言を受けて多少はしおらしくなるかと思っていたが、母は相変わらず母だった。最近では雑誌や本から海外大受験の情報をせっせと仕入れては、

「豊のときと違って、ペーパーテストができるだけじゃ入試に通らないんだからね。特にスタンフォードやＭＩＴでは課外活動での受賞歴とかを見られるから、ちゃんと親がサポートしてあげないと。アジア人枠のライバルは中国人になるんだから」

と発破をかけてくる。もういい年なんだしそろそろ自分の人生を生きてほしいけれど、母にとって、これが生きがいなんだろう。隆には迷惑な話だろうが。

マンションのロビーを出ると、ちょうど平田家と遭遇した。健太はさすがに銀行員として毎日袖を通しているだけあって、スーツを着慣れている。老紳士と老婦人も一緒だ。「お父さん、ジャケットにホコリ付いてるよ。ここは埼玉じゃないんだから、しっかりしてよね！」とさやかが話しているのを見るに、さやかの両親だろうか。

「お、みんないるじゃん。良かった良かった、まだ遅刻じゃなかったわ」

活きの良い声と一緒に、伊地知家夫妻もマンションから出てきた。第二ボタンまで開けたシャツを着てツーブロックにセットしている翔も、今日という日に合わせたのか髪を明るく染めた理恵も、そのまま小一の親として四月の入学式に参加しても通用しそうな若々しさだ。

成り行き上、大所帯で湾岸第二小へ向かう。母は同年代であるさやかの両親を捕まえ、何

やら話し込んでいる。時折笑い声が聞こえるところをみると、早速打ち解けているみたいだ。あの社交性は、自分にも隆にも引き継がれなかった。

「あ、ちょうど良かった。高杉さんに聞きたいことがあって」

集団の中、さやかがさり気なく徹の隣に来た。周囲を見回し、ヒソヒソ声で尋ねてくる。

「高杉さんって昔、慶應病院で働いてたんですよね？　慶應の医学部って、内部生から進むのってやっぱり難しいんですか？」

何かと思えば、子供の進路の話か。お祝いムードの集団とさやかの真剣な表情のギャップが、妙におかしかった。

平田家の一人息子、充は四月から慶應中等部に通うことが決まっている。受験前は「別に学校なんてどこでも良いと思うんですけどね」と話していた健太だったが、補欠合格が決まった後は大喜びで、わざわざ徹にも連絡をくれたほどだった。

徹は慶應卒だった父親の縁で慶應の医局にいたというだけで、内部進学の事情には詳しくない。

「慶應の内部出身の知人も何人かいますが、みんなコツコツ勉強するタイプでしたね。一発勝負の受験と違って高校三年間の成績で決まるので、親というか本人の資質とやる気次第じゃないですかね」

と当たり障りない回答をしておく。どれも当たり前で、少し調べればわかるようなことだ。

しかし、医学部に縁のない家庭にとっては貴重な情報に見えるのだろう。

「やっぱりそうなんですね、うちの子、そんなに真面目なタイプじゃないからどうかしら……」

と考え込むさやか。健太の話を聞く限り、充はもう受験をしたくないという一心で大学附属校を目指したタイプだ。そんな子が、勉強しなくても大学に進学できるという誘惑だらけの高校で定期試験のためにコツコツ勉強ができるとも思えない。それでも、受験ハイがまだ終わっていない母親に厳しい現実を教えたところで誰も幸せにならないことくらいはわかるので、黙っておく。

「いやね、今から医学部を目指してるって訳じゃないんですけどね。せっかくチャンスがあるんだし、もし本人が本気になったらと思いまして」

少し前のめりになっていたことに気づいたのか、さやかが早口で照れくさそうに誤魔化す。少子高齢化と人口減少が続く日本社会において、さやかが考えているほど医者の未来は明るくないだろうし、本人の希望を差し置いて親が先走ったところで、望むような結果にはならないだろう。それでも、徹にはさやかを笑う気にはなれない。子を思う親の気持ちはいつだって、傍から見れば滑稽なものだ。

卒業式の会場である湾岸第二小学校は人でごった返していた。入学式のときに比べて、明らかに人が多い。近年、急激に増えたタワマンのせいで児童の数が増加し、学校のキャパシティが追いついていないという話は聞いたことがある。改めて周囲の風景を見渡すと、学校から見えるタワマンの数は明らかに増えている。巨大クレーンを駆使し、天を衝かんばかりの勢いで上に向かって伸びていくタワー。人々の欲望を吸収して貪欲に膨張する街、湾岸を象徴するような光景も、ここに通う子供たちにとっては日常だ。

「それじゃあ私は主賓側だから、後はよろしくね。お義母さん、それではまた後ほど」

体育館前の受付に並ぶ徹たちを前に、綾子が颯爽と主賓席へと向かう。そういえば、PTA会長として挨拶があると言っていた。練習しているところを見たことがないが、綾子のことだ、心配ないだろう。むしろ問題は隆だ。

「隆君、卒業生代表でスピーチするんすよね。今日は高杉家祭っすね」

徹の心中を察したかのように、翔が話しかけてくる。

「妻はともかく、うちの子はそういうタイプじゃないので、今から不安ですよ」

冗談めかして応じるが、半分本気だ。隆からスピーチの話を聞かされたとき、何かの間違いじゃないかと思わず聞き返してしまった。自分の小学校時代、みんなの前でわざわざ話そうなんて考えたことすらなかったし、隆も同じタイプだと思っていたので少なからず衝撃的だった。先生からの推薦だというが、そういうスピーチは優等生タイプの隆ではなく、もっと充や琉晴のような、明るいムードメーカーの子がやるとばかり思っていた。

「まあ隆君、しっかりしてるしいい感じなんじゃないですかね。ビシッと決めてくれますよ」

相変わらず学生のようなノリだが、おかげで少し心が軽くなった。もう親が何かできるという段階はとっくの昔に過ぎているし、今から心配しても仕方ない。紅白幕が張られた体育館の、保護者席と書かれたパイプ椅子に着席する。

「あら、平田さんのお孫さんは慶應に進学されるんですね。うちの亡くなった主人も慶應の医学部で。いえ、それがうちの孫は海外の大学に行くって聞かなくて、結局進学先も……」

周囲の注目を集めていることを意に介さずに平田家の祖父母と孫自慢で盛り上がっている母の口を塞ぐ。恥ずかしいし、なによりもうすぐ式が始まる時間だ。

人が密集した体育館の中はどこか空気が薄く感じる。君が代が流れるのをボンヤリと聞きながら、自分の小学校の卒業式はどんなだったかを思い出そうとする。中学から私立に進学したこともあり、あの頃のクラスメイトで今も連絡を取っているのは一人もいない。みんな、それぞれの人生を生きているのだろう。中学受験をするのが多数派である湾岸第二小の子供たちにとって、小学校の卒業式というのは、級友たちとの別れの場でもある。

卒業証書の授与が始まり、子供たちが順番に名前を呼ばれて壇上に上がる。あいうえお順なので、知り合いの子でトップバッターは琉晴だった。

「伊地知琉晴さん」

という先生の声に

「うぃっす！」

と勢いよく答える琉晴。厳粛な雰囲気だった会場は一変して、大爆笑の渦に巻き込まれた。

そういえば昔も、こういう場で無駄に張り切って笑いを取りに行く子はいた。いつの時代も、子供は子供だ。翔は腹を抱えて大笑いし理恵に頭をはたかれていた。ざわめきの中、少し空気が緩んだ中で式は粛々と進んでいく。

「高杉隆さん」

せっかく琉晴が場を温めたというのに、隆は遠目にもわかるくらい緊張しており、先生への返事の声は裏返っていた。卒業証書を受け取るだけでこの有様なのに、卒業生の代表スピーチなど、本当に大丈夫なんだろうか。おもちゃのロボットのようなギクシャクした様子で歩く隆を見ていると、こちらまで胃が痛くなってくる。

卒業証書の授与が終わると、校長先生の祝辞、そして来賓のお祝いの言葉と続く。この手の式に出席するたびに思うが、なんでみんな、主役が子供たちだということを忘れてダラダラと喋りたがるのだろうか。子供たちも親も、教育委員会だの区議だの、知らない大人の話を聞かされても退屈なだけだ。会場にいる全員の集中力が切れているのがわかる。

「続いて、ＰＴＡ会長、高杉綾子さまよりご祝辞をいただきます」

綾子の番だ。この空気の中、妻は何を喋るのだろうか。綾子はマイクの前に立つとゆっくり微笑み、口を開いた。

「六年生の皆さん、卒業おめでとうございます。知らないオバサンがダラダラ喋っても退屈だと思うので、これにてお祝いの言葉とさせていただきます。みんな、中学校でも頑張ってね。改めておめでとう！」

深々と一礼し、カッカッとヒールの音を鳴らして去っていく綾子。会場にいる誰もがあっけに取られた後、どこからともなく拍手が始まり、式場は今日一番の盛り上がりとなった。綾子の後の来賓がやりにくそうにしているのは少し痛快だったが、小心者の徹は胃がひっくり返りそうだった。隆が自分ではなく、綾子に似てくれればどんなに楽だっただろう。

「綾子さん、相変わらず凄いですね」

徹にヒソヒソ声で話す健太。充の慶應中等部進学が決まって喜んでいた健太だが、四月一日付で名古屋支店への転勤の辞令が出て、現在は二度目の単身赴任の準備中だ。いなほ銀行は相次ぐ不祥事で上層部がごっそり処分対象となり、健太のような中堅社員にとっては逆に大きなチャンスだという。

「仕事内容は面白そうなんですよね。名古屋は実家も近いし東京も新幹線ですぐだし。良い機会ですし、一旦、家族を言い訳にしないで仕事に本気で取り組んでみようかなと」

先日、翔が開催した父親だけの送別会。転勤の機会を前向きに捉える健太の目からは新天地での飛躍を胸に期する熱い思いが伝わり、少し寂しそうな背中には住む場所を自分で決めることができないサラリーマンの哀愁が漂っていた。

卒業式は淡々と進行し、在校生代表として五年生の女子が堂々とスピーチしている。既に徹の胃の感覚はなくなっていた。

「続きまして、卒業生代表答辞　六年一組　高杉隆さん」

ついに、このときが来てしまった。少しオドオドした様子で壇上に上がっていく隆。会場中から数百の視線が一斉に隆に注がれていることを想像しただけで、吐きそうになる。いたたまれなくなって思わず目をつぶっていると、ピシリという音とともに左手の甲が痛んだ。

「馬鹿、父親のあんたが隆を応援してあげなくてどうするの！」

背筋をシャンと伸ばした母。その眼差しは、徹ではなく、壇上にいる隆に向かっていた。五十歳になっても、母には敵わない。胃の緊張感がスッと解けた。


隆は壇上から一礼し、ゆっくりと口を開いた。

「今朝、校門の脇の桜の木の枝の先に、小さな蕾（つぼみ）が膨らんでいました。湾岸第二小学校に入学してから六度目の春、咲き誇る桜を在校生として見ることがないと思うと、まだ現実味が湧きません。本日は、私たちのために素晴らしい卒業式を開いていただき、ありがとうございます。校長先生、ご来賓の皆様方、在校生の皆さん、温かい励ましの言葉をいただき、卒業生を代表し、心から御礼申し上げます。
私たちは本日、湾岸第二小学校を卒業します。

個人的な話で恐縮ですが、私は小学校受験に失敗し、湾岸第二小に入学しました。
晴れやかな気分になれないまま校門をくぐった六年前の景色を、
その憂鬱な気分にふさわしくない満開の桜を、今でも鮮明に覚えています。

内気な私は、あまり小学校に対して多くを期待していませんでした。
足も遅く、喋るのがあまり得意ではないので、いつも本を読んでいました。
休み時間、校庭でサッカーを楽しむ同級生を羨ましいと思いながら、
それでも一緒にまぜて欲しいと言えず、文字を目で追うふりをしながら、
ただ、時計の針が進むのを待っていました。

そんな私を変えてくれたのは、湾岸第二小で出会った人たちでした。
ある友人は、孤独に苛(さいな)まれる私に手を差し伸べてくれました。
ある先生は、私の得意な分野で活躍できるよう、背中を押してくれました。
みんな、短所の指摘ではなく、長所を認め合うことの大切さを教えてくれました。

埋立地に並び建つ、人工的なコンクリートの塊。ここが私たちの故郷です。
それでも、ここに住む人たちはみんな、血の通った人間です。
野球が上手だったり、絵が得意だったり、英語が流暢だったり、
大きな夢を持っていたり、話が面白かったり、誰よりも優しかったり。
多様性を認め合う湾岸という地域が自分の故郷で良かったと、心から思います。

私たちはこれから中学校に進学し、心地良い環境から一歩踏み出します。
未熟な私たちですが、小学校で、そして湾岸で学んだ経験を心の燃料として、
どんな困難が待ち受けていても、情熱の炎を絶やすことなく進んでいきたいです。

お父さん、お母さん、先生方、いままでありがとうございました。
在校生の皆さん、これからの一年間、たくさんの良い思い出を作ってください。
最後になりましたが、湾岸第二小学校のますますのご発展を祈り、
答辞とさせていただきます」

静寂の後、体育館は割れるような拍手喝采となった。興奮冷めやらぬ中、顔を真っ赤にし

て自分の席へと帰る隆。自分に似て内気で気弱だった少年は、自分の意思で、その二本の足で、困難な道へと向かって歩みだそうとしていた。徹は、こみ上げてくるものをこらえるので必死だった。

「高杉君、演説すごい良かったじゃん！　中学校行っても頑張ってね！」

「隆、あんなに喋れたんだ！」

卒業式の終了後、すし詰め状態の湾岸第二小の中庭。隆の周りにはちょっとした人だかり

ができていた。

「綾子さんの血筋かね、堂々とした演説っぷりだったじゃない。俳優かと思ったわよ」

と上機嫌な母。それに対して綾子は

「いえいえ、お義母さんのご指導の賜物ですよ」

と歯の浮くような台詞で持ち上げている。玲奈がこの場にいたら、吹き出していそうな光

景だ。この狸と狐(きつね)の化かし合いも、まだまだ続くんだろう。

もみくちゃにされた隆がようやく解放されて家族のもとへと帰ってくると、見慣れた顔の

男がやってきた。フォーマルな場で異彩を放つジーンズにスニーカー、レザージャケット。

徹の知り合いで、卒業式にこんな格好で来るのは一人しかいない。スタンフ夫だ。妻の瞳、

娘の沙羅も一緒で、晴れ晴れとした顔をしている。袴(はかま)で着飾った女子も多い中、沙羅は相変

わらずのストリートスタイルだ。安易に周囲に流されない姿も、隆に何かしら影響を与えたのだろうか。

「奥さんも息子さんも、スピーチ最高でしたね。スティーブ・ジョブズのスタンフォードでの演説を思い出しましたよ」

アップルストアの店員のような微笑みをたたえたスタンフ夫。

「そういえばパパ、高杉も将来はアメリカの大学行きたいんだって。前にパパの話したら、すっごい食いついてたよ」

沙羅がこう話すと、スタンフ夫は目を輝かせて隆のもとに駆け寄った。

「そうなんだ、てっきり医学部を目指すのかと。いいね、優秀な若者はどんどん海外を目指すべきだよ。良かったら連絡先交換しようか、何かあったら遠慮なく相談してね！」

合格祝いに買ってもらったばかりのスマホを片手に、スタンフ夫とたどたどしくやり取りする隆。これから、隆の世界はどこまでも広がっていくのだろう。その無限の可能性が少し羨ましくもある。

「あ、小坂さんも良かったら……」

震える声で、どさくさにまぎれて沙羅とも連絡先を交換する隆。それを見た充と琉晴がニヤニヤしている。もぎたての青春が放つ光が、ただ眩しい。

「高杉さん、せっかくだしみんなで写真撮りましょうよ」

健太がやってきた。翔も一緒だ。さやかや理恵、祖父母たちも集まってくる。

「それじゃあ皆さん、ハイ、チーズ！」

雲ひとつない青空の下、老若男女の満面の笑み。天を衝くようなタワーマンション群がそびえ立つこの場所が子供たちの故郷であり、我々はこれからもここで暮らしていく。もう、息苦しさは感じない。

エピローグ　平田充の発奮

「私は開発経済学を専攻しており、ケニアのナイロビ大学に留学していたとき、海外からの投資が現地の人々の生活を改善していく場面を目の当たりにしました」

「メタバースを使ったミニゲームの会社を友人と立ち上げて、イグジットしました」

「地方の県立高校から一般受験で慶應に入り、体育会野球部のスタメンとして神宮の地を踏みました」

　就活特集記事の「私たちはこうして内定を摑んだ」というコーナーに出てきそうな同級生たちの自己アピールを聞きながら、慶應大学四年生の平田充はただ、家に帰りたいと思っていた。総合商社の二次面接、グループディスカッション。テニサーとバイトと麻雀でただ大学三年間を浪費した自分に、この錚々(そうそう)たる面子に伍(ご)していけるようなエピソードも、喰らいついていくような気概も、何もなかった。これでまた、持ち駒が一つ減ることが確定だ——。

「お前ら、シューカツ、準備しておかないと結構キツイぞ」

というサークルの先輩のアドバイスより、次で二萬か五萬をツモれば跳満でトップを捲れるな、と計算する程度に就活に対する意欲も危機感もなかった。学生時代に力を入れたこと、いわゆるガクチカや志望動機を必死に練ったり、ＯＢ訪問を繰り返したりするゼミの同期を「意識高い系」と内心見下しながら、まあなんとかなるだろうと斜に構えている自分のほうが慶應内部生っぽいでしょ、とトイレの鏡でワックス片手に髪型を直しているうちに就職活動が始まった。そして今、メガベンチャーも外資系企業も選考が終わったというのに、内定ゼロのまま就活本番の六月に突入したという痺れる現実が目の前にある。

本気を出すのが格好悪いと思うようになったのはいつ頃からだろう。十二歳の冬、第一志望だった開成を諦め、慶應中等部狙いに切り替えたときか。大学受験が必要なく、親が喜ぶそこそこの学歴が手に入るということも魅力的だったが、それ以上に、塾のトップクラスで競い合う連中と数字で比べられるのが嫌だった。中でも、同じローゼスタワーの最上階に住んでいた隆君。あいつは別格だった。

「そんなんじゃ隆君と一緒の学校に行けないよ！」

母親にこう言われるのが嫌で、附属校コースに逃げたんだった。思えば十二歳にして、上には上がいるということを学んだ。あれから九年、日本最難関の進学校に行って、スタンフォードに留学した隆君はどうしているんだろう。小学校時代は毎日一緒にいたのに、中学に進学してからはすっかり疎遠になった。最近はたまに駅やマンションのロビーで妹の玲奈を見かけるが、美人すぎて声をかけられない。

自分はといえば、中学校でも高校でも医学部を目指すほど勉強ができるわけでもなく、かといって留年するほど駄目なわけではない、中の下くらいの成績を彷徨(さまよ)い、なんとなくつぶしが効きそうだし、と経済学部を選んだ。

キャンパスライフをそこそこエンジョイして、誰もが知っているような大手企業に入って、湾岸あたりにマンションを買って、人生一丁上がり。そんなつもりだったが、どうやら就職活動というのはそういう人生を舐めた学生を弾(はじ)くようにできているらしい。今のところ、毎日のように大手企業の人事部から今後のご活躍を祈念されている。どうやら、今日もまた未読メールの数字が一つ増えそうだ。


ガラス張りの立派なビルを出ると、東京の六月の蒸し暑さが襲ってくる。思わずジャケットを脱ぎ、ネクタイを緩める。就活を機に足を踏み入れるようになった大手町。路上を行き交う人たちがみんな、立派な社会人に見える。この街では自分が主役どころか、登場人物にすらなれていないという現実を突きつけられているようで、肩身が狭い。

母が働く、いなほ銀行の本社を通り過ぎる。不祥事だシステム障害だと悪い話しか聞かない銀行だが、大手町の中心部にそびえ立つ黒光りしたビルは堂々とした威圧感を放っており、お前のような中途半端な学生はお呼びでないという無言の圧力を肌で感じる。

そういえば、単身赴任で青森支店の支店長をやっている父は元気だろうか。就活を始める前に、もっと話を聞いておけばよかった。就職して、単身赴任を厭わず働き続け、三十五年ローンでマンションを買って子供を中学校から私立に通わせる父の偉大さをようやくわかったと話したら、どんな顔をするだろうか。

千代田線から電車を乗り換え、自宅に向かう。東京のオフィスビル群に労働力を供給するために存在する湾岸地区は膨張を続け、毎年のように新たなタワマンが建設されている。人口の増加に伴い朝晩のラッシュは年々酷くなっているが、日中はガラガラだ。完成から約二十年経って少し壁が煤けているローゼスタワーへの通路を歩きながら、明日に予定されている総合ディベロッパーの二次面接が頭をよぎる。今日の惨敗を受けて、面接のための志望動機の練り直しをしなければ。

「充君……充だよね、うわ、久しぶり！」

郵便ポストを経由してエレベーターホールに向かおうとした瞬間、どこか懐かしい声が聞こえた。英語でスタンフォードと描かれた黒のＴシャツに、ボロボロのジーンズとコンバースのスニーカー。シルバーのスーツケースには、米国ＩＴ企業のロゴのステッカーが表面を埋め尽くすように貼ってあった。高杉隆、かつての親友の成長した姿が目の前にあった。

「こっちは春学期が終わって夏休みになったんだけど、インターンしてた会社がいきなり破綻しちゃってさ。どうせ院に進むつもりだったし、今後のことを親に相談しようと思って、さっき日本に到着したところなんだよね」

立ち話もなんだし、と駅前のマックでポテトをコーラで流し込む隆。昔はもっと線が細いイメージだったが、精悍な顔つきになっており、仕草も随分とアメリカナイズドされている。こちらも流れで、隆君ではなく隆と呼び捨てにするが、少しこそばゆい。

「充はなんでスーツ着てるの？　え、就活？　そっか、もうそんな時期なんだ」

なるほどと頷きながら、次のポテトを口に運ぶ隆。こちらがアメリカの大学事情を知らないように、隆にとって日本の大学事情も未知の領域なんだろう。太平洋を隔てれば、言葉も文化も違う。スタンフォードなんて、火星と同レベルの縁遠さだ。

「それで、充はどの辺の業界を狙ってるの？」

悪気なく、核心を突いてくる隆。業界も何も、そこそこ給料が良くて、名前が知られていて、慶應の同級生に一目置かれるような大手企業に入れれば良いなんて本音、言えるわけがない。

「うーん、まだ選考途中なんだけど、ディベロッパーとか良いかなと考えてて。街づくりとか、興味あってさ」

つい見栄を張ってしまう。つい二時間前までは総合商社で「日本のエネルギー安全保障に興味があります」と、日経新聞の記事を切り貼りしたような薄っぺらい志望動機を話していた気がするが。まあどうせ落ちたし、切り替えよう。

「そっか、充っぽいね。昔からリーダーシップあったし、人を繋げるのも得意だったもんね。絶対向いてるよ！」

やめてくれ、いつの話をしているんだ。夢に向かって努力を重ね、言葉も文化も違うアメリカで、世界中から集まる天才たちと切磋琢磨しているであろうかつての親友。呑気に日本の大学生をしていたというだけで、惨めな気持ちになる。どうせ俺はケニアに留学してないし起業もしてないし六大学野球でスタメンにもなってないよ。

「そういえば小坂に会ったりすんの？　あいつもアメリカでしょ？」

話題を逸らそうと、同級生の名前を出す。小五で転校してきた帰国子女の小坂沙羅。トイレ一つとっても群れて固まるクラスの女子たちと違って、サバサバした良い奴だった。帰国子女が集まる広尾の中高一貫校を経由して、アメリカの大学に進学したと聞いたが。

「うーん、アメリカって言ってもあいつはコネチカットで東海岸だからな。一応、日本人留学生のコミュニティで緩く繋がってたけど、小坂、中身ほぼアメリカ人だし、わざわざ会いに行く感じじゃないね」

小学生時代、隆が沙羅に惚れていたのを知っていたので少し下世話な展開を期待していたが、九年も経てばそんなもんだろう。喉仏が出て、少し無精髭を生やした隆もかつての姿とは随分変わっている。

「そういえば琉晴は？　なんかテレビに出てるとか母さんから聞いたけど」

隆や充と三人組で括られることの多かったもう一人の同級生、伊地知琉晴は公立中から都立高に進んで野球部で都大会ベスト16まで行った後、芸能界に飛び込み、今は俳優として活躍している。最近ではドラマでも結構良い役を貰っていて、街中でポスターを見ることもある。今は麻布だか広尾だかに住んでいると噂で聞いたことがあるが、成人式で女子に囲まれている姿を見て以来、会っていない。

「いやー、今をときめくスターですからね。なかなかこっちから連絡とれる感じじゃないですわ」

茶化してみながら、少なからずショックを受けている自分に気づく。隆も、琉晴も、かつては肩を並べて同じ小学校に通っていたはずなのに、たった九年で随分と差がついてしまった。十二歳の時点で自分の可能性に見切りをつけ、今は何者でもない大学生になってしまった自分が恥ずかしい。

父さんはクリニックの経営権を譲渡して、今は東京と山形の二拠点生活で地域医療に従事している。母さんは玲奈が手離れして暇になったのか、ヨガにハマってる——。一時間くらい経っただろうか。久々の日本でハイになってる隆の話を聞き流しながら、明日の面接の志望動機をどうしようかなと考えていた。俺は一体、何になりたいんだっけか。

時差ボケが本格化してきたのか、隆があくびを連発しはじめたので、ほどよいところで切り上げてローゼスタワーへ向かう。途中、リュックを背負った小学生の集団とすれ違う。

「前回のテストマジ死んだから、エスに残れないかも」

「俺もエスから落ちたら母ちゃんにめっちゃ怒られるわー」

テストの点で選別される子供たち。少子化にもかかわらず日本人の学歴信仰は根強く、相変わらずブリックスは盛況なようだ。みんな、中学受験で燃え尽きて俺みたいになったら駄目だぜ、と心の中で呟く。

「まだしばらく日本にいるんでしょ？　タイミング合ったら小学校の奴らでも呼んで飲もうぜ」

実際には開催されないだろうなと思いながら、ローゼスタワーのロビーで隆に別れを告げる。あの頃の友人で連絡を取っている奴なんて、ほとんどいない。きっと、次に隆を見るのは海外で活躍する天才エンジニアを紹介するニュースサイトか何かで、またそこで俺は劣等感を募らせるんだろうな——。そんなことを考えながら、低層階のエレベーターに向かう。

「充！」

という声がロビーに響くのと、低層エレベーターに向かう自動ドアが開くのは、同時だった。

「さっき言ったの、マジだから。充にリーダーシップがあるっていうの。俺、ずっと感謝してるんだ。小学校のとき、サッカーしようって声かけてくれたの。一緒に遊ぼうって、誘ってくれたの。今の俺がいるのも、充のおかげだから。これ、ずっと言いたくて。今日、偶然だけど会えて良かった！」

口に出すのも恥ずかしいような台詞を堂々と言う隆。これもアメリカの文化なんだろうか。何と答えたらいいかわからず、「お、おう。ありがと。じゃあな」と小声で手を振って、エレベーターに乗り込む。

家に帰り、パソコンを立ち上げる。なんとなくで有名企業を受け、落ちてもまだ持ち駒が何社あるかと計算してヘラヘラしている自分が恥ずかしかった。自分を変えるには、今しか、このタイミングしかない。

明日の面接があるディベロッパーのサイトを開いて、創業から今までの歴史を追い始める。今更遅いかもしれないが、何もしないよりは、もがきたかった。企業沿革のページには、住宅事業の象徴的なプロジェクトとして、湾岸にそびえ立つローゼスタワーの竣工直後の写真が掲載されていた。

「わたしたちは、百年先の暮らしを見つめています」

百年後、スケールが大きくて良いじゃないか。そう考えてみれば、俺の人生、まだまだ始まったばかりだ。黄昏(たそが)れるにはまだ早いと、大きく深呼吸をする。

●お問い合わせ
https://www.kadokawa.co.jp/
（「お問い合わせ」へお進みください）
※内容によっては、お答えできない場合があります。
※サポートは日本国内のみとさせていただきます。
※Japanese text only

定価はカバーに表示してあります。

Printed in Japan
ISBN 978-4-04-737340-2 C0093

2023年1月30日　初版発行
2023年3月20日　第3刷発行

息が詰まるようなこの場所で

Into The Smother

著者　外山 薫
©Kaoru Toyama 2023

発行者　山下直久
編集長　藤田明子
担当　山崎悠里

編集　ホビー書籍編集部

発行　株式会社KADOKAWA
〒102-8177
東京都千代田区富士見2-13-3
電話：0570-002-301（ナビダイヤル）

印刷・製本　図書印刷株式会社